春光關不住

九歌文庫1049

張瀛太 文／插圖

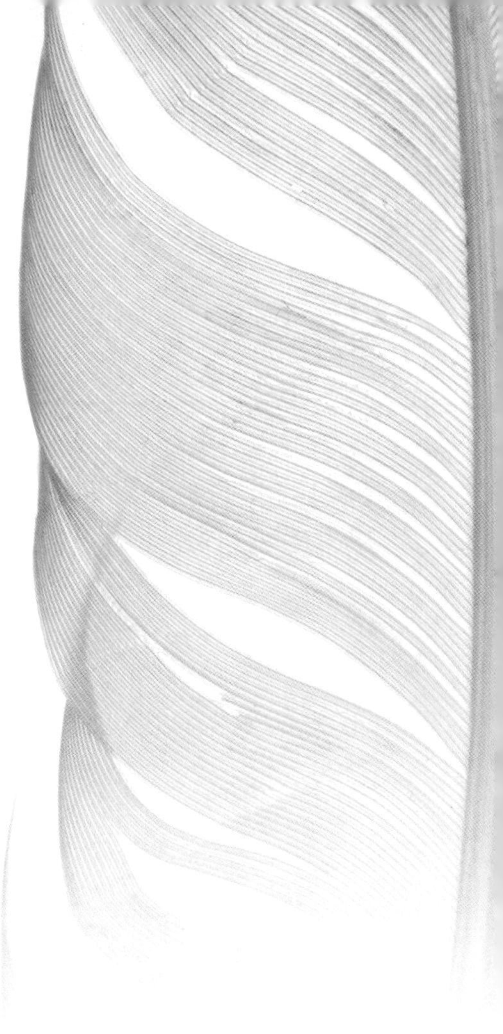

目錄

寫在前面

愛在遺憾蔓延時

大多數人愛家鄉，那是幸的；極少數人恨家鄉，那是不幸的。正巧，我是後者。

家鄉給我太多遺憾，我終其一生想逃離它。不願見它。

有時候忍不住了，簌簌掉淚、狠狠地想念它，但仍不給它機會。不原諒它，頂多忘卻它。

我從不奢望我誕生在他處，既然已經出生、已經飽受折磨，那是它欠我的，我不計較，只求它別再來凌遲我，求求它！也懇求老天！

我並不消沉，也不孤僻；相反的，我非常開朗積極。我可以拯救自己，跑得越遠越好！地球上的任何一片土地、海洋、天空，只要是語言不同、空氣食物風俗不同、價值不同，我都恨不得撲到它懷中。

是的，我渴望生活在他方。儘管我沒有金錢、沒有能力揚長而去，但家鄉困得住我的身，困不住我的心。你看，我寫的故事多半發生在異國，各式各樣的人物和身世，過得都不太好、都狼狽或坎坷、都在異想天開中做困獸之鬥，但還不及我的不幸與苦惱。可我在裡面得到了快感、得到些許安慰，我知道，我可以利用這種愛恨交加的矛盾繼續發洩——

直到我的恨意消弭。

二十年來，怒火熊熊地燒成了餘燼，逐漸邁入中年，我對家鄉已經不那麼恨了，還增加一些同情或惋惜。似乎，我寫的故事也不再那麼綺麗浪漫了。

有人還在問我，那個「西藏愛人」呢？還在追究那些大草原上的傳奇和民族誌。然而，他們不知道，小說裡所有的奇遇和角逐、所有的愛情只是藉口，生命意義的擺盪不定才是主題。而《春光關不住》仍延續了以往的一些浪漫奇遇和傳奇性，但味道不同了、心境不同了，唯獨生命意義仍在擺盪，生命的對話仍充滿哲辯，仍有意無意地想揚棄一些文明偽裝和矯情；然而，畢竟多了一層沉澱，和莫可奈何的瞭然。就像大地添上一抹秋彩，餘餘的回溫……（不過裡層仍是欲蓋彌彰的春光）

男人說：巴黎的日子，像偷來的幸福，季節一到就要飛走。

女人說：我們的愛情老而沒有皺紋。

男人說：這聽來像天眞的童話。我只想把它（愛情）製成標本，收藏起來。

旅人道：遠行，意味著自由嗎？我走得再遠都未曾感到自由。

牧人答道：「色金梅朵」在一年裡開花了又死亡了，一百年的路可以走多遠……

中年人說：在蒼茫人海中要銜續一段露水情誼，對一個滿目霜葉的男子而言，是奢侈了。

老年人說：人生這麼短，事情也不太多，著急什麼？

囚徒說：該放生的是我自己嗎？我還在找那把開啓籠子的鑰匙。

局外人說：或許沒有鑰匙，沒有籠子。

單戀者說：你的鬍子編在我頭髮裡，那樣參差的顏色，看起來多像兩個人一同老去。

臨別者說：我聞到彼此的呼吸，水氣沾上了彼此的鼻尖和嘴唇，就像一場熱吻後的餘溫，但我們沒有眞正吻別。

浪女說：你跟著我走過哪些地方？

浪子說：每個落腳處我都去過。

（他的淚掉在她臉上，融掉那層薄霜，斑斑駁駁，彷彿寫上了字字悔意。白雪把他們覆蓋，像一座無形的塚……）

浪女說：我知道我們將成永恆。

尋訪者說：沒有人爲我的來到而張望或停留，他們仍在不急不徐中繼續行程。

遊牧者說：我像一道風景掠過一陣風，一個句號，無從棲身。

女人說：你們的靈魂不同，你太強而她太弱，你總會灼傷她。

男人說：每個女人遇上我都是一樣，可是我也希望，有天能讓一個女人熱熱的灼傷，即使殺了我，也願意。

盜墓者說：那種花，像個仙女或妖靈。究竟是生自死去的公主？還是生自公主和殉情者？

通靈者說：是青年的幽魂不散，死後也要陪伴公主。

採花賊說：我向來見獵心喜、見異思遷，永遠不知道到手的算不算寶物。

少女說：你還能偷到什麼時候？

採花賊說：我永遠要作賊，除非把這身無用的翅膀折斷。

姑娘說：我在帽子上插了一根雪白的鷹羽，追蹤你到天涯海角。

過客說：是啊，我總以爲，那是個不經意揮出的球、一個來不及打包帶走的行李，錯過了什麼卻不想彌補……

騙子說：我得把這齣戲寫精采，去跟台灣人要錢，進軍奧斯卡。

北京人問：主題是什麼？

騙子說：頽廢啊，那種你無法想像的快樂。

巫女說：我只是出門去流浪。我知道有個男人在一處等我。

男魂說：我是被巫女下了咒才開的花，等著巫女去解咒。

巫女說：生命僅是一場靈魂自死亡中甦醒的夢。

而我所到之處，將開出一朵巫女之蘭，我播的種。

的確，小說是我播的種，用奇花異草奇聞軼事演變舞台，巴黎曠男、印尼少女、西藏浪女、北京騙徒、阿富汗奇童、雲南巫女、新疆舞男、孤島水手……背景、身世、性別、際遇，沒有一個相像。異域風光源源湧入，關也關不住。有人把異國風情，當做我的作品定位、寫作策略。其實，都不是。大概沒有人曉得，在我心中，異國即家鄉、家鄉即異國。我只是在「此異國」中尋找「彼異國」的家鄉而已。

異國，在我一貫的空間意識裡，意味著什麼？遙遠、隔絕、漂泊、獨行者。說嚴肅點，是「從自我放逐到孤獨寫照」，說放蕩點，是「幾種異想天開的流浪」。

當年的《西藏愛人》不可避免的變老了，草原星光撒落一地，化作《春光》處處。我寫的故事，從前是在天上，現在是在人間；或者，還不能說是人間，是在「虛實之間／跨域之間」，但並非「凡間」。

從前，他走了，她鍥而不舍地奔走天涯尋尋覓覓；現在，她離開他，一個人在路上。

她一直是在路上。而他，只是她季節周期裡的一個軌道，下個季節一到，她就要離開。

或許我仍可用自己昔日小說裡的詞，給這集異國故事作個結：

拋棄了文明的佯裝和矯情之後，縱使曠野並不在眼底，但她的探險，尚未結束。

特別一提，我的探險裡，偶爾有朋友的身影交擦而過，感謝錦華、志宏、S君，為我這一室滿滿春光悄悄注入了些異域春色。若你們不反對，該說是異色吧。

張瀛太

九十八年十月

春光關不住

我到處扣問神跡
卻找到偶然的東西

——張 棗

來到異鄉，是爲了讓人看不見，或讓人有時看見有時視而不見；混跡於人群中，那種一致的無身分，算是挺省事的放浪。不過，在巴黎，我時常獨處卻難感到疏離，好像總有雙眼睛在某處打量著你。就像現在，那女人不停地向後看，順著我的方向瞄過來，那種看似自然的停頓，卻有種介乎瞬間閃逝和蓄勢待發之間的曖昧……

過了橋，她忽然回頭走來，很快與我擦身而過。我吃驚的看她——是不是我這樣漂流的模樣特別惹人憐？

我追上前搖頭示意，她躲著不肯收回給我的錢；我想塞到她身上，但被她抱在胸前的廣告單擋住，我法文不靈光，一時不知怎麼開口，趁她轉身，趕緊把錢放進她口袋，突然，指尖像觸到什麼，一個黑溜溜的頭從口袋冒了出來。

尙路易，進去。女人喊道。

那黑傢伙在主人口袋裡打量我，我打量著牠也打量牠的主人。女人眼神裡有種超乎熟識者的熱切，不能不教人感激，我向她出示當天畫人像和剪影的收入，證明自己並非流浪漢。女人眼裡多了歉意，仍不肯拿回她的錢，只讓我用黑紙爲她的小黑貂剪影，算是付了代價。但這代價太便宜了，我還想爲她做些什麼。

自己對女人向來是這麼回事吧，若想捕捉住什麼，一碰就化爲烏有，若要當作什麼都沒發生，卻也有種情調撩得人不由自主。我隨著這個東方女子，沿著街道走下去，包圍在我和娜娜身邊的霧，令人覺得像置身在別的地方別的時刻……我們沿途散發餐廳廣告，直到天黑，娜娜手上那疊已發完，我替她分擔的這一半還剩不少。娜娜不讓我再發下去，我估計我的遐想也該結束了。

她朝前走一會兒，在河堤邊停下。我們蹲坐兩處，像來自不同緯度的候鳥，用不流利的英語交談。她操著日本腔，問我有菸嗎？我掏出一截菸，很短，我又換了另一截給她，也很短；她看過整包菸，才知道每根都被切成三等分。她又用那種熱切的眼神看我，然後燃起這截菸，愼重地抽。

抽完了自己那截，她為我新點一支菸，黑暗中，她問我是否燙著了什麼？我說：燙著了菸。娜娜笑著把我這截也拿去，吸完最後幾口，她開始折紙船，一面折，一面為我介紹傳單上寫明的菜色。塊菰白蘭地烤雞、奶油燴小牛、芥茉燉兔肉……一艘艘滑進漆黑的水面，慢慢溼透，然後滅頂。

餐廳是娜娜開的。她帶我到這家叫「地獄谷」的小店，櫃台上還蹲著幾隻雞，她叫人抱來一窩蛋，放一個在我手上：「店裡的食材多新鮮，你看，蛋是剛生下來的。」是啊，蛋很新鮮，放在手裡覺得有母雞的體溫，我瞧著腳下那隻啃花盆的兔子，剛才進門時踩到的東西也很「新鮮」，像是牠的糞便。

或許，娜娜賣的生蠔裡會有珠子吧。

在我極窮的時候，曾用所有的錢點了盤生蠔，希望能發現珍珠，卻找到一顆蝦子眼。而那之前，我白天習畫，晚上在中國餐館裡擀餃子皮、在地鐵裡吹口琴，有時餓著肚子坐路邊，只能撿張報紙，挖個洞，看洞裡悠閒覓食的鴿子……後來我避開蒙馬特的畫家群，改到盧森堡公園畫人像，沒生意時，整天就畫著旋轉木馬。有人看我老畫一隻飽經風霜的老馬，問我為何不畫別隻，我說這隻漂亮。

我用未婚妻打工的錢來到巴黎，實現那種不確定的夢想：或許是藝術家，或許是獨生獨死之類的幻想。我走得夠遠，不知道她家毀於地震，當她領了救濟金來找我，我真的想逃到什麼地方，假裝忘了她，可是我跑不掉，我同情她那無知的辛勞，她是那樣好得一塌糊塗的傳統女人。我送她一首分手的詩，但她沒看懂，還鼓勵我好好寫作畫畫，說會再賺錢供我。臨別前一夜，趁她睡熟，我偷偷縫補了她的內衣；那上面的蕾絲已破損多處，可是她始終捨不得買新的。也許，我欠她的不是沒有感情，只是沒有了道義。她理解不了某種快樂或痛苦——我曾想在臨海的山坡蓋個木屋，每當有了錢，就買些木材儲著；我也曾說服一位神父，讓我假扮工匠，好進入修道院呼吸那些遁世者的空氣。我一直嚮往某種自在幻影，也一直重複地逃跑，我可能是個懦夫，或者，我只是活在自己捏造的繭裡，在這裡放浪我戀戀不捨的青春。

我的閣樓，三坪不到，但已足夠了我的放浪。沒有床也沒有桌，舊房客留下的老藤椅和脫了漆的梳妝台是唯一的家具。廁所位於屋頂最低斜的角落，每當我矮著頭坐上了馬桶，推開屋頂氣窗，探出頭，呑雲吐霧之際張望四周，感覺就像占領了整個巴黎。

而娜娜，占領了巴黎的我。問她爲什麼看上我，她說是看上我的菸，又說是看上我的領子；的確，我的領子很白，它是活動式的，我每次只拆掉領子洗洗，再裝回衣服去。娜娜老想拆我的領子，有天，我要求她當模特兒做交換條件，她就讓我畫張速寫。畫好之後，她看了滿意，忽然跑到梳妝台後，出來時已一絲不掛，她擺好姿勢，我卻不敢動筆。我曾在素描簿畫過許多沒穿衣裳的女人，在她們私處都剪了個洞（讓陰莖伸進去），但我從沒有從那些洞得到快感，也沒畫過眞實的裸女。我把黑貂撵到她身上，沒能遮住什麼。她笑著走來，拿筆朝我上顏色，我顧著嗅我們身上的酒氣，忘了自己做什麼，只記得她最後解開我的衣衫，沿著背部畫下去，簡單幾道線，她當做大提琴這麼演奏著……直到兩人醉倒在燭台下，外溢的燭油流到身上凝成了蠟河，恍惚間，還聽她要求把「提琴」再奏一遍。

那枝畫筆，很快被娜娜用壞。她把它削成兩隻筷子，凹凸不同，像是一雄一雌，我說凸的是男陽，凹的是女陰，她說凸的是女性乳房，凹的才是男性。她喜歡替我溫一瓶清酒，讓我用這雙筷子吃到起了醉意。

而娜娜，占領了巴黎的我

我們不是聖徒

更不是浪子

她告訴我，她是偷了丈夫的錢來巴黎的。起先做了畫家模特兒，不久也開始畫畫，畫動物、畫蔬菜，現在，她喜歡畫人，尤其是親手繪製我。她希望男人對她都能帶點淫意和醉意，可是她丈夫很禁得住。我卻認爲，她丈夫不是性無能、只是紳士而已；但她也不愛剛認識就約她上床的男人，我們不是聖徒，更不是浪子，我只是無關緊要的探花人，她是流蕩四野的春日風。

每星期六，我們搭六十九號公車去買菜兼兜風，沿著渡輪路，瀏覽魚店肉店，順便走進那家「黛羅勒」，看看獅子、牛羚、麋鹿、小象被製成標本的樣子，接著轉到格內樂路，挨著每家內衣店櫥窗，對那些內衣樣式品頭論足，然後到那家很貴也很美的蔬果店選菜，再到「芭泰來米」買乳酪。這是我們共有的作品：我們開心的把綠橄欖摻進紅椒茄子沙拉；一起把火雞挖空，塡進碎栗、雞肝、茴香和藍乳酪，再塗了芥茉去烤；一同剖開番茄，塞滿切細的檸檬、阿月渾子和丁香，再燒一鍋糖漿去熬……最後把料理剩下的種子撒上各自的屋頂，看春天先向誰報到。

可我不確定春天來時是什麼光景，巴黎的日子，像偷來的幸福，季節一到就要飛走。我說我們像候鳥，永遠沒有固定的基地，她卻說候鳥像月亮，永遠都有規律，不見了又會出現。但多半時候，我們既非候鳥也非月亮，我和娜娜只是坐在閣樓的小窗台上，像兩隻跨不出籠的鳥，同時看著煙囪林立的巴黎天空。天冷，我們把身體依偎得緊，她喜歡伸手到你腋下取暖，然後嗅著手上帶出的丁點狐臭。有一次，那涼涼的手卻滑到你下體去，還用柔軟的舌尖輕舐，讓微微顫動的小傢伙堅硬起來，剎那間，她的溼氣和鼻息，直抵你心潮之起伏。娜娜閉上眼，深深吸入那味道，她形容我的味道，像蒲燒鰻，很新鮮。而別的男人呢？像擱久的味噌。她吻我的唇，讓我感覺到自己的味道，我彷彿嗅著了曬乾的海藻、小魚的腐臭、還有一種寬撫與感動……當她仰起臉龐，與我迷醉的視線交會，瞬時，我的眼淚不禁流下。

多希望在她只愛我的時候死去，或者，同時殉情。

我問她，假若我們相約同年同日在不同地點殉情，有一天不期而遇了，會是什麼情景？當我說：妳怎麼沒有射死妳自己。娜娜會說：我已經死了，我們這是在地獄重逢。

＊

誠然，那正是我畸想的熱戀方式，患難流離，死生重逢。

因爲你沒法確定什麼是恆常，正如你不知道現在是高潮是尾聲？或只是糊里糊塗滄桑了一回？總有些觸碰不到的，教人難安，譬如你從不曉得她的內衣是否破損、從未見過她的畫……她說我們的愛情老而沒有皺紋，這聽來像天眞的童話，我只想把它製成標本，收藏起來。而我唯一做過的，是打死她腳上一隻蚊子，偷偷放進口袋，算擁有了同樣血緣的信物。

只是，我卻沒有留下信物。當我出門寫生，我總是愈走愈遠，然後想像她敲門不應的樣子，想像她如果殉情，能否找到我的地獄。總覺得容易到手的幸福容易飛走，我寧願多受些折磨，在這樣的自虐中得到些寬慰。

我知道她不會當眞，可是有次卻出事了。

那天，還沒到她家，老遠就見到人們圍在她門外，一片鬧哄哄的。「太臭了。」「好多蟲從她家掉下來！」「裡面一定死人了。」當警察破門而入，終於查出原因：

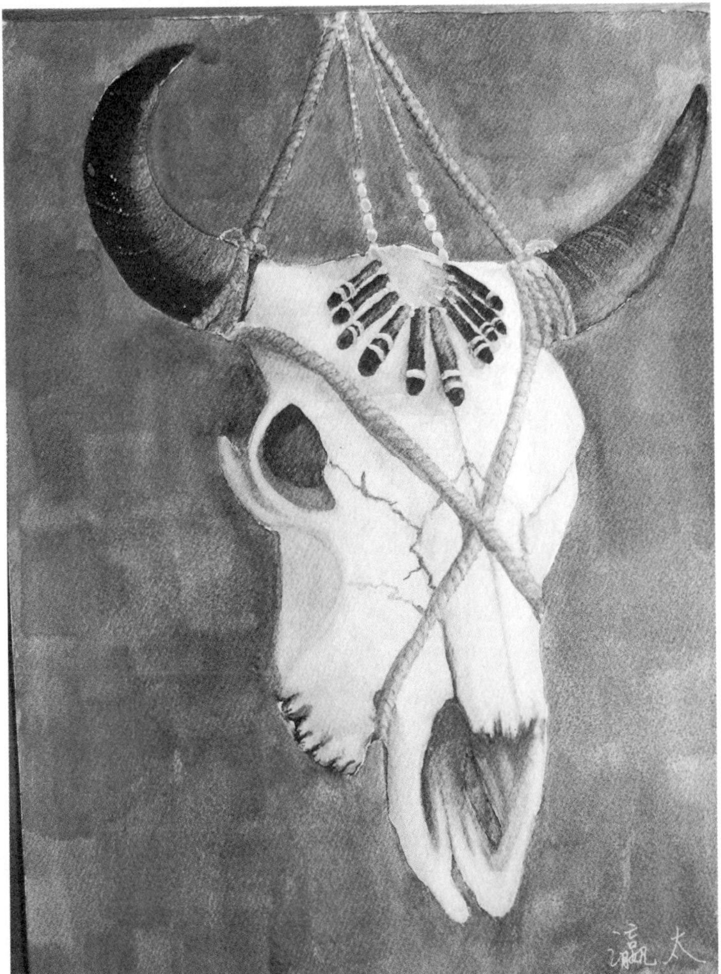

是窗台上擱的，一具帶著殘肉已經生蟲的牛頭，警察取出牛頭，當眾扔了。

「我一直等著它曬乾呢。」娜娜說：「本來想畫一張有牛頭的風景。從市場買回來的時候，早想好畫面該怎麼布局了。」在娜娜的似笑非笑間，看不出遺憾或捉弄。幾天不在，大家都以為她死了。她是什麼時候結束餐廳，開始出門寫生了？在那副疲憊的神態裡，只有一種簡單的安詳，就像她有次打電話報警，說有個女人困在屋頂上下不來，那時她蹲在屋頂上喝得醉醺醺，看著地上準備救她的人群和雲梯車，那表情說不上是無所謂，只是一種尋常或平靜。

當她要走，說得就像去寫生一樣尋常。也許是還以顏色，可我情願信她，是她的日本丈夫要找來了。她不帶多少行李，只把拆了框的畫剪小，捲成一團交給我，又給了個上鎖的鐵盒。問她開鎖的密碼，她哼著歌不回答；接著，還要給你錢，我說不要，拔腿就跑，她在後面追，回頭看時，她不追了，仍用那種熱切的眼神望你。

她不讓我送行。在我們的最後一天，我們一直待在沙灘，問她會去哪裡？她站到海水中，說要寫給你看，她撿了一隻淡藍色小螃蟹，在蟹背寫寫，忽就放回水

去。我追上前，一群螃蟹正被捲進大海，潮水一退，已分不出哪隻是娜娜的。

她引了個詩人的句子告訴我：「戒菸，其實是戒掉個手勢。」

而她戒掉我，如戒掉一支菸。

那天傍晚，我們回到城裡，在橋上分手，天空下著雨，我們把手伸向彼此，她低著頭，我看到她眼睫毛上有顆雨珠，她沒有看你，只看著兩隻懸在半空中淋雨的手。我目送她的背影離去，她沿著塞納河走，穿越一道拱門，最後進到一片燈火璀璨的背景裡。我沒想過她會不會回來，也許這就是愛，離別時像丟根菸蒂那樣簡單。

第二天，中島先生果眞來了，他事先託人查到我的住處，也清楚娜娜在巴黎的生活。我們用不流利的英語交談，談著娜娜，談著日本和巴黎，又相偕去麗池飯店游泳，像是打量彼此的身體，也像要打量彼此在娜娜身上所占據的分量。我們努力潛向池底的美人魚嵌畫，彷彿就要吻到那對裸露的乳房，可是，到了池底，卻沒有勇氣。

對於娜娜，我們確實都沒有勇氣。

他其實不是娜娜的丈夫，他沒怪她不告而別。

故事就像個通俗劇的典型，一個老闆雇用了一位祕書，結果變成他的情婦；幾年後，女人發現自己得了絕症，他給她錢治病，她拿了錢卻到巴黎，幫助學畫的昔時男友；直到男人離開她了，她仍持續賺錢寄還中島，上個月才剛還清……

中島要求看娜娜的畫，我把畫卷拿出來，攤開時，顏料竟紛紛龜裂剝落。從不知道她是用這麼廉價的顏料，俗麗的色彩，看來既燦爛，又糟糕。

中島走時，天正冷，藍灰色的天空，看起來快下雪了，卻始終沒下。我獨自蹲在地上，收拾那些碎落的顏料，就像收拾著娜娜或自己那段

燦爛又糟透了的生活。

鐵盒終於打開了，密碼就藏在娜娜哼的那首旋律裡（玫瑰人生*La Vie En Rose*是她唯一會唱的法文歌）。盒裡寥寥盛了幾樣東西：一支木筷、一塊我用剩的肥皂，還有幾根短短的、切成三分之一的菸蒂。

我湊到菸蒂裡呼吸，淚光中，彷彿有火光搖曳……我看到她仰起的臉龐，一種恆久的熱情，在她靈魂深處閃爍，當她問：是否燙傷了什麼？

我眞想被她燙傷什麼。

*

我仍在巴黎，占領閣樓最傾斜的那一角，當我推開屋頂氣窗，伸出頭，吞雲吐霧間，一株新生的小苗映入了眼簾。

相信，候鳥就像月亮，不見了又會出現……娜娜曾這麼說。

提琴螃蟹和天堂鳥

一個女人的舌尖對生命說「對」
天堂的鳥振開翅膀

——墨西哥．帕斯

是不是哪裡出了錯？千鈞一髮的距離，卻觸動不了丁點敏感。

瑪蒂仍那樣若即若離地引著你，走進這座紅樹林沼澤。

趁著退潮，兩人一前一後，踩在茂密而拱起的氣根上，最前面的是她的猴子，小猴遠遠把我們拋在後頭，自顧自的邊跳邊玩，我們則小心翼翼，謹防氣根滑腳。這裡的空氣潮溼又悶熱，蚊子在頭頂嗡嗡叫，水滴滴答答的自鞋底落下，腳邊還有輕微的噗咚聲和咔擦聲。瑪蒂說，是一些水生動物在牠們的洞裡活動，有的正闔上貝殼、有的在摩鉗擦掌……她眨著那雙大眼，透露祕密似的告訴我：只有趁著退潮時，才能進到這裡窺探。

是的，儘管到處瀰漫著一股腐屍般的氣味，這片沼澤的確生氣蓬勃。許多動物正忙著搜尋潮水退後留下的食物，小海螺挪動身子去吞食藻類，小螃蟹轉著眼珠在泥上快跑，瑪蒂的猴子則大膽的站進淺灘，垂著尾巴去釣螃蟹。一隻螃蟹夾住牠的尾巴，牠用力甩兩下，捧起捽昏的螃蟹大快朵頤。

瑪蒂守在一個螃蟹洞旁，有隻螃蟹剛剛從裡面出來，只見牠用鉗子從地上絞起一塊泥，就放口裡嚼。我隨著瑪蒂俯下身子，看牠嘴邊的毛刀不停翦動，好像把能吃的東西篩下，不能吃的在裡頭積成個泥丸再用鉗子剔除。牠每走幾步就吃一口泥、吐一口丸，瑪蒂跟在後頭，有時盯著牠的步伐，有時將視線移到更遠的白沙灘、成排的椰子樹和那些孟加拉式房屋，有時也看我，笑著用指尖捻起幾顆泥丸，輕輕地放在我手心。

這景況，和我想像中的約會眞有些不同，但我不能太猴急，對於求偶這事，我全然沒有把握，也沒什麼經驗，除了第一次示愛被女人拒絕，之後我有將近八年的時間沒接近過女人。

八年來，我一直在一艘拖網漁船上工作。漁船隨著季節和魚群往往返返，最近，我們才到印尼東南海域作業。記得船剛到時，有個女孩就站在沿岸一道浮橋上張望著，那天眞的神情和早熟的胴體，令人犯了一種難耐的寂寞。行船這麼久，早先的夢想和意義，都已變得模糊，什麼海闊天空的遠景都只是個浪漫的空談，對於生活，只能降到基本的慾望需求：他們說如果沒有女人，有錢也沒什麼意思。但我不見得跟這些伙伴同道。他們一上岸就找女人，我可能也想找女人，只是就像他們說的，既可憐又糊塗。

聽說坦尙尼亞有一種小魚，那種雄魚起初沒有性徵，一旦得到了交配優勢，身上的顏色會快速從暗褐色轉為鮮黃，不久身體便雄壯起來，還長出了類似睪丸的性徵——雖然，他們過度膨脹了女人的神奇，但我的確解釋不了這份躍躍欲試的心理，似乎只是和她對望過一眼，身上便產生了奇妙變化。

那時我的腿被一條大魚刺傷，幾個人陪我上岸求醫，島上只有一家診所，我們找到它時，驚見屋子蒙在一團白霧裡，走近才發現，是廊外的燈光招來一大群蛾。當時瑪蒂就躺在屋外樹上的吊床，花樣的年華、青春的美好肌膚和短短的碎花裙。我進屋前，她和我對望一眼，出了診所，我不禁又朝她那兒看去，她沒看我，兩眼正盯著橫越天空的一隻飛行蜥蜴。她是醫生的女兒，曾替此地的牧師做過助手，牧師教她說會了英語。大夥替我打聽來這些訊息，就這麼推我上陣。

女孩不常出門，還好她養了隻小猴，我用香蕉、榴槤和牠攀交情，讓牠送東西給女孩。之後，我卻看到那串珍珠掛上了猴子的脖子、珊瑚別針扣上了樹上的吊床、瑪瑙鐲子戴上了女孩妹妹的手腕，而整束玫瑰則被插上了屋頂的煙囪……不過，女孩終於答應約會了。第一次，她帶我到小島邊緣的紅樹林灘，除了像這樣，趴下來看螃蟹，我不知道還能做什麼？或者她想做什麼？

也許，她並沒想做什麼，她只是讓我看看這種叫提琴螃蟹的小東西而已。手心裡被放上的幾顆像糞球的東西，不是定情物品，倒有點像搗蛋鬼的小玩意。

眼看這小螃蟹不吃泥巴了，牠正踮起腳尖，一路高舉另一隻顏色鮮豔的鉗子瘋狂向前舞動。瑪蒂問我這隻雄蟹在幹什麼？我想起從前見過樹上一隻長尾猴對闖入地盤的小猴挺出陰莖，那樣高高勃起的玩意兒，看來的確雄偉也有些可笑，彷彿這麼晃兩下就能把敵人嚇跑……不過情況並非如此，我們看見某隻雌蟹開始有了反應，牠向雄蟹搖擺著走來，不久，便雙雙進入洞穴，洞口堆了許多泥球，你再也看不到什麼，但可以想像，裡面正在發生的那些春情蕩漾的事。事實上，求偶就像螃蟹揮舞鉗子這麼簡單。

可是，總覺得有些瘋狂，還有些滑稽。瑪蒂大概也是這樣看我吧。不知為什麼，她說我像隻提琴螃蟹。那口氣不像說正經，倒有點逗弄人的意味。

我問她哪裡像，她卻在我手心放上更多泥球。

而哥迪呢？我試著問。

她指著一旁水塘的彈塗魚，說他就像那東西。

哥迪是我目前唯一的情敵。這在我開始追求瑪蒂不久，就知道了。

可是說情敵也未必，我原本沒有向他較量的意思。但我不知道，他是不是把我當成不堪一擊的對手了？我看過彈塗魚獵食時的猛勁，牠只消捲起尾巴，藉著拍打泥面快速地前進，一會兒就逮住螃蟹了。是的，我沒有哥迪那身捉鱷魚、擒蟒蛇的本領，我曾在市場看他賣野味，只要有顧客看上，他就把這些傢伙從籠子拖出來，三兩下就卸得皮肉分離……然而多半時候，彈塗魚只是撐著兩隻鰭在地上爬的苦命郎罷了，尤其求偶時更辛苦。當牠豎起背鰭，露出自以為誘人的顏色時，根本吸引不到距離較遠的對象，牠還必須奮力彈動，躍得很高，才能叫雌魚看到一眼。

哥迪的確「彈跳」得很賣力，不是弄來個罕見的食火雞蛋，擱在瑪蒂的吊床；就是下海撈幾顆珍珠，到人前當彈珠耍；再不然就拉開長弓，表演一箭雙鳥的特技。

有一次我和瑪蒂在草地閒聊，哥迪忽然從牆上跳下來，他不斷在我們面前走動，而那身裝備很特別：肩上繫了隻大鴿子，背上一個竹箱，腰裡還掛了鐵罐和小刀。他爬上附近一棵樹頂，先削掉一些枝葉，將罐中的膠狀物塗上幾根細枝，再把帶來的鴿子綁好，弄妥之後，就跳到另外一棵樹腰上歇著。

瑪蒂告訴我，那是糖膠，用來黏鳥。

果然，幾隻漂亮的野鴿飛來了，牠們繞著樹上的同類啼叫，不久就棲到那些有糖膠的樹幹，飛不掉了。哥迪輕鬆的跳上大樹，把獵物收進竹箱，順手操起一條長藤，從我們面前晃來盪去，最終隱沒在一片林子裡。我說他這身工夫眞了得，瑪蒂臉上既露出喜色，又一副理所當然的樣子。我感覺她的笑容裡有些賣弄，天眞可愛，不是給我看的，是給哥迪看的。

哥迪的確走了，不過他走得不遠，我覺得那雙眼睛仍在附近。

而她對他的微笑是那麼自然，當他也對她笑，她的微笑才有意無意的停住。

但當她不對他笑了，他卻朝著我笑，一副「我贏了你」的神情。

瑪蒂到底喜歡提琴蟹還是彈塗魚？這問題令人費解。她不排斥哥迪的示好，也不拒絕我的邀約。而當她挽著我的手，漫步椰樹搖曳的白沙灘，她的眼睛也許正瞟向別處，那模樣，既歡喜又有些迷惘。我問她為何說我像提琴蟹？她似乎記不起她說過的話。我曾想，這古怪的比喻是否只是隨意冠上的代號，不必深入追究。

我知道我不可能為她上岸太久，自己雖有築巢的夢，卻從來無心落實，日久已生出「天涯住穩無歸期」之感。但我必須承認，每當瑪蒂來到海港，站在那道大浮橋上對著船隻張望，我便有種愛她的感覺，愛得想揮舞自己最巨大漂亮的鉗子，拖她進入陰溼的洞穴。瑪蒂曾說提琴螃蟹不像其他螃蟹，牠們的日子一半在水中一半在岸上，連呼吸都來到水外。是的，我原本生活在海裡，為了她卻來到岸上。然而，我們的洞穴是否就只在短暫的退潮期？

幾個月以來，瑪蒂屢屢到海港眺望，港口擠滿了漁船和貨輪，卸貨、進貨，熱鬧不已。當我上岸，我們便沿著沙灘，走進那片有成排椰子樹的住宅區，在那裡，

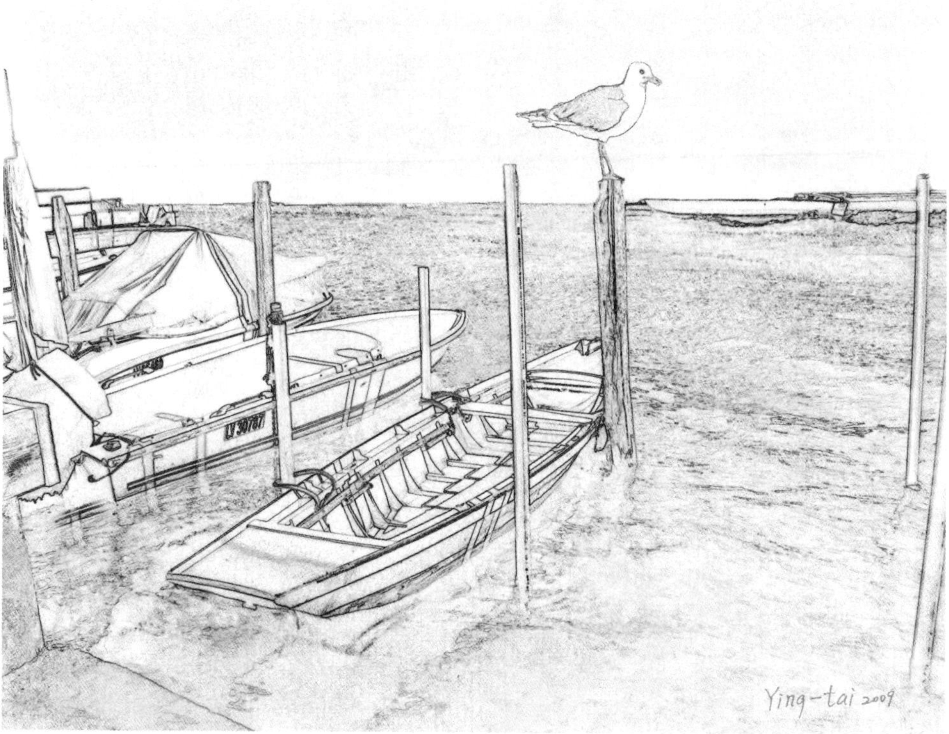

你可以欣賞此地最漂亮的孟加拉式別墅，也可以眺看海峽彼端的紅樹林沼澤。

有時我們走過一棟宅邸，瑪蒂不禁會留意屋外入口的陽台，那兒養了一隻天堂鳥，豔麗非凡：牠有黃色天鵝絨般的頭羽，孔雀綠的光澤從喉頭一直延伸至身側，加上那串燦爛流瀉的尾翼及兩道長若柳絲的金色卷羽，真是奇特無比。

這是一家貿易公司的總部，最近宅主才剛回來。曼茲是本地最大的鳥類供應商，年輕富有，他不但輸出合法鳥類，任何稀有的違禁鳥種也都有辦法供應，此外，他還在泰國進出口蛇和鱷魚等皮貨，每隔一段時間便回來主持業務。這陣子，他們要在鎮上舉辦商業宣傳活動，其中一項是皮貨少女選拔，我發現瑪蒂再也沒到港口眺望，她和其他少女一樣，準備走進曼茲的宅院。

比賽那天，大宅外面被人群擠得水洩不通，許多人還爬到屋頂或樹上觀看。

首先，少女們得穿越後院一座叢林迷宮。迷宮裡埋伏了鱷魚、蟒蛇、蜥蜴等巨型爬蟲動物，當那些誤闖埋伏的少女厲聲尖叫，群眾有的嚇出冷汗，也有人興奮不已。之後，一個個痛哭或昏厥的女孩被抬出來了，順利過關的人則集中到前庭，使出渾身解數來展現自己。有人身上掛著幾十條斑紋各異的活蛇，有人踩在一隻鱷魚上翻筋斗又跳舞；也有人把自己藏進一盞阿拉丁神燈裡，當曼茲上前摩擦燈腹，裡面便冒出一個裹著魚皮的女奴；瑪蒂則把自己打扮成一隻大天堂鳥，渾身除了豔麗的羽毛，不著一絲衣物……而最終獲獎的，也是一名扮成大鳥的女孩，但她的褐色

羽毛看來平凡，表演時又常常掉毛，不過卻惹得陽台前那隻雄天堂鳥不斷跳躍、喔嗚嗚叫個不停。

女孩的獎品是一頂用美金做成的后冠，由身穿錦袍的曼茲給親自戴上。遊行的時候，長串的鈔票編成的頭紗拖在地上甚是壯觀。有人說曼茲是擺出有錢人的傲慢，故意讓一隻鳥當裁判；也有人笑他的天堂鳥太寂寞，一旦看到類似同種雌鳥的褐色羽毛，就春心大動。

遊行落幕後，我到處去找瑪蒂，看到滿地的豔麗羽毛被踩進泥漿裡，我想著瑪蒂一絲不掛的胴體以及她被剝得一絲不掛的自尊心，她從來沒有這樣美麗過，可是也不因此而高高在上，當天堂的鳥展開翅膀，並不能把她帶到天堂。

終於在沼澤隱祕處看見她和她的猴子。只見猴子穿了一件報紙糊成的袍子，瑪蒂拿給牠一頂紙糊的后冠，像在排演什麼，一再的讓猴子爲她戴冠加冕。

不久哥迪射殺了大宅的天堂鳥，被曼茲的家僕發現，慘遭毒打。而瑪蒂仍習慣躺在樹上的吊床，搖晃著她美好的身體和短短的碎花裙，對於哥迪爲她做的義憤之舉，她仍自然地笑，但當他也對她笑，她便有意無意的停住笑容——「愛的火焰依然跳動，只是需要新燃料。」忘了從何處讀到這段話。我知道，瑪蒂時常眺望的大宅陽台，又換上一隻新天堂鳥了；正如瑪蒂家的煙囪頂，不知何時給插上了一束新的玫瑰花……

季節一過，我的漁船又要遠離。這天，小猴跳上碼頭，取走我給牠的香蕉，而瑪蒂就站在不遠的浮橋上，模樣依然天真，不像送行，只是張望，但在那種慣有的無目的性張望中，還多了分嫵媚。

「明年能見到你嗎？」

我不知道，明年是否還會在船上，或者是否上岸。詩人說「愛情太短，遺忘太長。」也許天堂太遠，而地平線也太長；我似乎看到，一隻提琴螃蟹正爬出泥灘，隨著潮水，回到無垠的大海。

姑娘你在路上

他們彷彿是不受限制的，安詳而簡單……當他們流浪過這個廣袤的空間，宛如飄蕩在穹蒼與大地之間。

——義大利・基賽普・圖齊（Giuseppe Tucci）

我不知道，像我這樣的遊走飄蕩，究竟是想找到某處而坐落下來，還只是目的不明的四處流浪？或許，這一生能讓我記住的實在太少，也找不到什麼是事過境遷後還能時時回顧的，如果世界始終是一本回憶錄，我只好把那些似乎和自己不相干的人和事變成一種追求，彷彿那些短暫的流浪日子，有過深深的感動，生命中的清醒。

清晨五點，我們摸黑上路，在山道中行進，卡車引擎刺耳的聲音彷彿把天給嘈亮了，天色很快的變白，濃霧卻轉成了大雪，無止盡的狂風掠過高原，卡車通過五千多公尺高的隘口一路盤旋而下，路旁零星站立著販賣蔬菜的小販、蹲坐地上等待施捨的老人，騎馬的藏民往來其間，田裡的農民正背著籮筐採收作物，而更遠處，依舊是花白的羊群、黝黑的犛牛、瓦藍的天蒼和銀亮積雪的山峰，我張望著這熟悉的場景，突然間，德吉的聲音來到耳畔：他們是多老時才死去？德吉，消失的德吉，她該走上數千數萬里了，她還在路上追嗎？我仰望天空那隻雪白的巨鷹，想到她戴的那根羽毛，她說「色金梅朵」在一年裡開花了又死亡了，一百年的路可以走多遠……

*

一九九八年，我同幾個採訪業朋友第一次進藏，小小的吉普車在一片橫斷山脈間顛顛前進，冰雹夾雜著雨點打在車棚上，處處亂石斷坡，荒蕪得有如絕境。車內塞滿了人，大家像是動彈不得也像是害怕的緊挨一起。路旁一輛拖拉車掉到了谷裡，幾個藏民正在不遠處吊車，天色將晚，拖拉車還懸在山腰。我們的車繞過塌陷的路面繼續前進，太陽一寸寸沒入西天，冷風夾帶細雪直撲車裡，前方，除了車燈照出的一道茫白，四周黑糊糊一片什麼也看不清。夜霧層層罩來，車燈照不到路面，地面坑坑窪窪，幾處落差大的坍方幾乎讓公路癱瘓，突然司機一個緊急煞車，大家差點被震出車外。我們看到路上一棵鋸倒的松樹把車給攔住。前面冒出一個黑影。我以爲遇上惡徒擋路，那人卻沒有進一步的舉動。他看來像個藏族小子，戴著一頂圓邊呢帽，帽簷下的眼窩深陷，臉上也乾出了一層皮，一副身子骨既單又瘦，手裡握一把生鏽彎曲的鋸子、還揣著個小包袱。他跟司機交涉一陣之後就扔掉鋸子，搬開松樹，跳上車和我們擠到一塊。

同行的人說這就叫堵車，當地習以爲常的。

我想和他交談，但他的眼睛看人挺神祕，一路上，他只是微笑，大夥兒也沒把他當回事，吉普車又翻過一個山頭，我們漸漸的靜下來，專注著車外那一片墨藍天色，車燈照在碎石路上，車輪下的抖動更加厲害，放眼望去，路旁盡是黑魆魆的山陵剪影，而路下盡是滔滔喧譁的江流水。靠近外頭的人害怕被拋出車外，趕緊抽了褲帶把自己繫在門上。

可是期望中的幸運並不包括順利，吉普車雖然沒翻落山谷，卻遇上了坍方。車子停在路中央，大家紛紛下到路上，前方一大段路基已被洪水沖失，司機建議我們天亮後動手修一條便道，大夥兒沒別的意見，有人早已取出帳棚，打算就地紮營，我和其他人則爬上附近一座廢棄的山寨，當做臨時棲所。

一整夜，我幾乎是在江水的濤聲和野物的叫嚷間反覆醒轉，熬到天明，只覺得渾身無勁、飢腸轆轆。近旁有棵高大的棗樹，那個藏族青年雙手抓滿石子不住地往上扔，石子勢如散花，棗子掉落遍地，他兜了一大把請我們吃，我們三兩口吃得精光，抬頭看，他正坐在一旁瞅著我們笑。我們覺得不好意思，一會兒也站起來打棗子，可打了半天，卻沒掉下幾個。

有人和青年搭訕，聽他說是要下山給父親找醫生。我問他路坍了，一時不見得能修好，他怎麼辦？他說會有別的辦法。我架起相機，想請青年再扔一次石子，好把他和棗樹一起攝進來，他像是覺得新奇，一次扔了許多石子，棗子墜如雨下，有一顆落得可遠，不輕不重砸了我一記。

清早，吉普車旁有人操了傢伙吆喝著開路，大夥兒都下到路旁拿榔頭施工。下午便道快完成時，對面忽然出現兩輛運松茸的貨車，載來了四十幾個康巴人，不消多少工夫，便道打通了。路通了，兩輛貨車仍堵在路中央，帶頭的司機提議四六拆帳，要我們出六百塊工資：「這路要是不通，誰都過不了。我們大老遠把工人給雇了，還花上力氣載來，你們該分擔些。」幾個嫌貴的，跟他們討價還價，司機再降一百，同行還是嫌貴，說這裡雇工便宜，根本花不到兩百，何況他們不能把開銷順道掛在別人頭上。他們跳上車，載著松茸要走，我們正納悶怎麼不收錢了，車上丟出一串東西，剛築好的便道就被炸毀了。

這次公路坍毀的程度比原先更厲害，一些乘客紛紛選了個地方舒坦的坐下，有人抽菸有人吃起糌粑，還有人又把捆好的帳棚拿出來預備過夜。他們像是習以為常，只說多等等，沿途的道班就會來修復。一個藏民看我老坐不住，呱嗒了幾句，同行譯給我聽，說：「人生這麼短，事情也不太多，著急什麼？」我回望那藏民一眼，他正閒閒點起一支菸，堆著滿臉皺紋瞇著我直笑。

我問那個藏族青年急不急？他也一副輕鬆，說還有路，掉了頭就往山後走，我和朋友決定隨他去試試。

藏族青年走得飛快，單瘦的身影在山間隱隱現現，我們緊趕慢趕幾乎追不上，夕陽紅透了山頂，我們既懊悔又絕望卻也有些好奇。果然，天還沒黑，青年已來到一片開闊的天地，但情況更驚險。在這條湍急的江水上，只有一條長長的鐵索架在兩岸峭壁間。我曾經看過一部英國人拍的紀錄片，一頭犛牛馱著鹽包要乘溜索過江，滑到中途被扣在鐵索上了，鹽包重重地摞住這頭牛，牠的頭倒掛在半空，四隻蹄子不住地掙扎，後來犛牛掉入江裡，在狂浪衝擊中，黑色長毛脫落盡淨，只剩得一身白肉……如今，我們難以想像自己要用這種方法過江。那青年不理會我們的勸阻，拿出溜梆和皮繩，熟稔的用溜梆扣住鋼索，皮繩套住兩腿，溜索兩端高差幾十米，他靠著自己的重量一路滑過去。

我們依照青年先前的指示，解了腰帶繫了扣環，四百米的距離就這麼通過了。過了江，青年不再是那麼疾行勁走，偶爾會停下來等我們。但那樣飄忽的身影，那樣陰森森的崇山峻嶺，總讓人擔心，他會突然從另一條路上消失。

夜霧落得四下一片白茫茫，行走其間，像在一股曠古的荒涼裡載浮載沉，若不是聽見有人招喚你，你眞會懷疑，你是否仍在人間？青年在前頭出聲呼應著，我們循聲來到一座低矮的石屋，石屋簡陋得像個異域、夢境裡的另個世界。

這是個小飯館，店主是個寬腰闊面的藏族老婦，幾個夥計也是一式的樣貌，孔武有力，動作風風火火，叮噹的鐵鑵聲和灶堂裡猛吐的火煙，把小店弄托得像個江湖重鎮。幾批遊客分占了兩張長桌，我們圍坐牆邊小桌，點了兩個菜，問明了今晚可留宿一宿，身上的疲憊頓時減輕不少。

青年似乎和老婦相熟，老婦扯了扯他的袖子、掂了掂他的包袱，便推他進到內間；陣陣清脆又放浪的笑聲不時從裡面傳來，再抬頭看，青年已同老婦一起走出來。那頂黑色氈帽摘掉了，黑眼眶和乾皮膚以及一切汙泥塵垢好像都給洗掉了，站在面前的是個膚色光亮的大姑娘，一身藏族女性尋常的裝扮，卻在這石屋裡綻射光芒，男人們目不轉睛的望著她，而那雙烏亮的眼睛也正不怯不生的環顧四周，沒怎麼在意地掃視過我們。

她似乎看穿我們的心思，一來就坐在我們桌邊的木凳上，不管他人如何驚異或打量，她變得能主動同我們說話了，之前她話少，我從未發現她連續發出的話音，就像大雨洗過山林一般乾淨爽亮。

如今回想起當初與她同行的原因，一時竟弄不清那晚是如何莫名其妙的改變了心意。其實自己並沒那麼好奇，即便她告訴了我什麼，或別人告訴了我什麼。

還記得飯後，眾人入內歇息之際，我請她出到門外，藉著門上的兩盞燈光，讓我再照張像，她爽快答應了，然後走到一旁的樹下，單手攀托著樹幹，兩眼望向遠處天與山的交界，我用極擴大的鏡頭，拍下她這副昂然姿態，同時觀景窗裡，也攝進一些醒目的東西——我發現樹幹上刻了許多槽口，問她是什麼，她說是此地藏人做的天梯。藏族早期的贊普都是登天梯上天，直到第七世贊普跟敵人比武，不小心砍斷天梯，從此歷世吐蕃王死後才留屍地面；如今，藏人則用這種方法替代天梯，他們在轉經路上的樹幹鑿刻槽口，以便死後攀登天庭……她身手伶俐的踩上槽口，一會兒已坐在樹頂向我招手，我仰望著這個既遠又近的距離，感覺到一種落寞和暈眩，不知怎的，我突然決定脫隊，改變採訪計畫，隨她回家並央求記錄她的生活。

她叫德吉，住在湖邊一頂黑色的犛牛毛帳棚。遠遠看去，一隻白狗正守著帳棚，帳棚外一纍纍垛存的牛糞上插著五色經旗，大風不斷來吹經動幡，天空尚有幾縷松煙裊裊，細看之下，或許不是煙，是斷線般的黑點在移動，成群的禿鷲正翱翔在原野深處，一個個黑點巡過淡月孤懸的天蒼，始終不緊不慢。

德吉找來所謂的醫生，其實是天葬師。她父親前天死了，現在正停屍帳棚裡，她算好明晨是吉時，所以預先請了天葬師。我們在棚外商議明晨去天葬台的路線，一隻巨鷹猛地俯衝下來，把我的帽子叼走，我狂追一陣，德吉的白色母狗也跟著我

窮追，我想撿石頭扔巨鷹，可是滿地撈到的都是乾牛糞。

老鷹飛更高了，德吉說改天找到鷹的巢，就把帽子還給我，她摘下自己的呢帽替我戴上，我仍望著天空，不是念念不忘那頂帽子，而是感覺到錯過了什麼卻不想彌補；那是職棒週年的紀念品，我身上唯一和台灣和鄉愁相關的物品，內面有球員簽名。而鷹把帽子叼得那樣高，使我想起一支攔截不成的滿分全壘打，總有一方歡呼、一方遺憾。但我也可能不必遺憾，自己該是那個擊出全壘打的打擊手，老鷹只不過是我揮舞的球棒。

我好像輕鬆揮掉了什麼？一些來不及打包託運的行李，一些慣性或者執拗。

德吉把亡父置在棚內右側，他的屍身呈坐姿，身上緊緊裹著一條白氆氌，只露出頭和手，仔細一看，他的下巴正穩穩抵在兩個彎起的膝蓋間，雙手纏著哈達，就像虔誠的頷首合十。棚裡五味雜陳，有曬乾的牛糞味、酸酪味、煮肉的煙味和一盞剛點著的酥油燈……德吉往灶裡再燒幾塊牛糞，棚子逐漸暖和起來。天葬師認識亡者，他哈著腰上前問候：要不要喝個幾杯？這次睡著了夢不要作太長啊。德吉笑著端上來一壺酒，兩人聊起死者生平，一派稀鬆，像是父親依舊健在，像是一場平常的餐聚，只是有人提前離席而已。

德吉是個「拉巴」（漢語「神漢」，有神授能力可為人治傷療病）。在我脫隊之前，飯館的老藏婦曾這樣對我透露德吉的實力，說德吉單是用嘴或手掌就可吸出邪物，她曾經從瘋狗咬傷的病人體內吸出一隻寸許長的「小狗」，再一口氣把那害人的東西吃掉；也曾為一個獵人吸出腿上的鉛彈，為小孩吸出誤吞的鐵針。她繪聲繪影地描述德吉如何將貼身銅鏡放在病家準備的青稞上，點燈念咒，從鏡中看到病情和作祟的鬼怪，接著一陣抖動，就把患者的祟物吸走……她看我不信，就拿來一根針，說她孩子吞進肚裡的針就是請德吉給吸的，因為她認得自己家這根針，沒人能仿造出一模一樣的針來。我說有病怎麼不去 看醫生？老婦說有病當然是先請了藏醫，要是藏醫治不好，就會建議病家去請「拉巴」。

我倒不相信什麼治病的法術，但的確看過德吉那頂神帽，帽上有紅黃綠藍白五色令牌，令牌內繪著五方佛像，而帽頂還插著雪白鷹羽，「拉巴」跳神時就戴這種神帽。不過，德吉說自己不會吸小狗，只能治治狂犬病。問她真有神授法力？她說是童年生了場病，被路過的活佛治好之後，有時就不由自主的發癲念經……

沒看過德吉自稱的發癲，也沒問德吉是否用過法術挽救父親。結束了一夜的守靈，第二天天還沒亮，我們就把屍身搭上馬背，出發去天葬台。抵達時晨曦稍稍露白，德吉一面烤牛糞火，一面燒酥油茶、準備糌粑和奶渣，老天葬師用力背起屍骨慢慢爬上去，他神情肅穆而愉悅，用頌酒歌那樣的語調喊道：到了，到了。

爬上平台，天葬師放下屍身，點燃成堆的柏枝松葉，一時間，竄起濃濃的桑煙，天空那些盤旋的黑點像是獲得指示，迅速飛抵天葬台，成群禿鷲蹲在那裡，不噪不動，只是等候，「今天禿鷲來得眞不少。」天葬師把屍身朝下，按南北方向擺好，揭掉氆氌，瞬時整個人體裸裎在天光下，他在死者脖子繫條繩子固定於石上，獻過了祭品，開始動刀。第一刀從背部劃下，規規矩矩畫個卍字，翻過來再劃個叉，此後手起刀落，刀過之處，無不骨肉分明。當他一手運刀，一手抓糌粑堵住淌出的血，純潔的奶白配上流動的鮮紅，令人想起沿途寺院的紅牆、姑娘的臉蛋、以及火塘上跳動的火焰……很漂亮的屍體，那像是重新分裝，準備整理打包的行李，一種道別或迎接，所有回憶和未來之間從此沒有迷障。

我專注於這柄刀上，那樣富於技巧及韻律，不到一小時工夫，已料理好三份內臟、碎骨和皮肉。天葬師先抓起帶皮的頭髮投入火裡，一股焦味引得守候的禿鷲一擁而上，等牠們吃過骨頭，天葬師再把蓋住的皮肉揭開餵鷹，最後揭開內臟——都說能被禿鷲吃盡的人有福，很快便要投胎。當禿鷲再度升空，天葬台恢復了晨初的明淨，抬頭看，只見那些黑點融入遠遠的穹蒼化成一片淡藍……在我的筆記裡，抄錄了一段話，是十一世紀末進入藏區傳教的印度僧人唐巴桑結（相傳天葬法爲他提倡）所示：「於獨樹墳冢間、非人宅夜、閒靜荒野中，修行最美。」我雖景仰那樣的境界，可是我來到西藏既不爲了修行，更不爲了捨身。我敞開胸膛吸一口氣，感覺身體變成了薄薄一片，融入遠遠的淡藍。

但是，剩下的會是最簡單的嗎？也許只是一時錯覺，我並沒有脫離什麼，我還在找某個簡單、或稱爲自由的東西——看過一本小書❶，那故事曾經打動過我，說一個生活乏味的公務員放走豢養多年而得到憂鬱症的鳥，可是放走了鳥，卻讓他患上憂鬱症；日後，他接受一個小孩的提議，辭去工作，爲自己造一艘遠行的船——遠行，意味著自由嗎？我大概也因著生活的疲累而不斷遠走他鄉吧，只是，走得再遠都未曾感到自由，該放生的是我自己嗎，但我還在找那把開啓籠子的鑰匙。

或許還有些什麼沒被丟掉。

或許沒有鑰匙，沒有籠子。

但我還是想找找。

*

找出擠奶的道理並不難。我等著德吉告訴我。

牛的奶頭多，要蹲在牠體側來擠；羊的奶頭少，要蹲在牠屁股後面擠。德吉在我手上塗了酥油，說是方便擠奶。我說擠不出來，她就牽來一頭幼畜，讓幼畜先就著母畜奶頭吸幾口再換我下手。擠奶並不如想像輕鬆，不過打酥油卻是我的專長，這裡用的是古法，拿羊皮口袋裝奶，不停搖晃直至油水分離。我手裡打出的酥油，德吉拿它來食用、點燈，還兼治病。羊得了羊虱，她用酥油摻奶水和牛糞塗抹患處；牛得了疥癬，她拿酥油加骨灰和白土去治。我想德吉或許眞是個「拉巴」，只是把功夫印證到牛羊身上了。有時她會拿麝香摻青稞酒，除掉牛胃裡的寄生物，有時她就拿樹皮燒灰，餵食下痢的病畜，有時還用麝香加肥皂水灌入羊鼻裡治肺蟲。而那些用了藥的牲畜果然都變得有精神，幾天工夫就能正常地吃吃跑跑。但德吉不

---

❶德國插畫家英格麗哥頓的繪本，《卡先生和他的憂鬱鳥》。

曾替我治過病。

每當我要回憶起德吉，總像想撈住一片雲那樣吃力，我到底是記住了那些日子，還是記住了她，或只是想念那些日子裡的她呢？她依舊美麗動人吧，然而她的美麗就像已經融進熱茶裡的一塊酥油，怎麼都難在我記憶中成形。

那天德吉說，該給牛羊剪毛了。剪毛之前，我幫她把牛羊帶到湖邊洗洗。被洗的不只是牛羊，還有我。我覺得是站在一面很大的鏡子裡，鏡子湮湮墨墨，腳下一股潮溼的野花和腐草氣息，一顆潔白的月亮就照在鏡裡，月亮隱隱晃動著，逐漸膨脹，正從深不見底的濃綠浮出鏡面，霎時兩旁水浪分開，鏡中走出了一位美麗少女。我總以爲是夢。

這夢是眞的，在我們第一次清洗牛羊時，湖水像錦緞一樣飄動，流雲般浮在幾座沙丘中，水岸異常湛藍卻又金碧輝煌，水底細砂折射著西斜的天光，把湖水半面染黃半面淌青。黃昏寂靜而迷人，她解開髮辮、解開松石項鍊和耳環，卸下衣裙，說是帶我下水洗澡。突然她就沒入水中，像條金色的魚潛行你兩腿之間。

大地茫茫無邊，夕陽終於消沉之際，月亮在水面印下一個圓圓的白，清幽安靜

瀛太 2009

如深不可測的魔洞。而洞裡纏繞著愛慾的藤蔓，德吉是藤上一枚小小果實，在那麼多風的夏天，湖水輕打著湖岸，我聽見水浪的節奏，以及心跳。

每當回憶起這段事時，我不得不將信將疑。都說是天授的異常，德吉有著不一樣的身體，左腿的汗毛是淡淡的黑，而右腿的汗毛則絨絨的白。她說這就像牛羊身上雜了白毛黑毛，而我說是因爲同牛羊一起下水洗浴才給染的。

藉著月光，我寫下日記。這成爲唯一的證據。但我身上卻找不到被染色的痕跡，彷彿日記只是浸過水的夢境，當眞不得。

只有照片說不了謊，可我的確沒有她的照片，哪怕是棗樹旁那個戴了圓帽的藏族小子，在我的暗房裡一樣沖洗不出影像。

德吉說湖底穴中有塊像黑犛牛一樣的巨石，抱過那塊巨石便洗去了心中最想放下的印痕。她拉著我抱住石頭，問我想洗去什麼，我一時憋不住氣很快浮出水面——一直沒發現自己放下了什麼，可是除了德吉，所有沿途拍攝的照片都清晰可見。

我對她的記憶，除了寫在日記，還有一頂帳棚，坐落在草原之上彩虹之下，這是張影像清晰的照片，如同我和她有過的生活一樣歷歷在目。

在我們居住的帳棚裡，清冷潮溼，令人難以入眠，我總是側耳傾聽，那遠處野狼的低吟、潺潺的水聲，地底下草葉萌芽的騷動……一早，德吉會掀開帳棚張望天空，那時雪山正遮住了太陽的強光，她忙騰一陣，之後就在大白狗的叫聲中走進帳棚，雙手捧著一桶鮮奶，我將在她炒青稞的氣味中甦醒，像個輕薄之徒，伸手摘取她裙角沾著的露珠。她曾向我形容，早晨出現的紅霞如何由紅變黑，山雀如何群聚天空鳴叫，牛晚上如何拴不住，脫韁去吃草，還有最近「嘎青」星離月亮好近……

肯定是美好的日子。我企圖重組那些過去，那些已經發生、已經消逝，和現在距離極遠的「過去」，是我記憶中的「眞實」嗎？

的確是遙遠的記憶了，想來眞像童話。當我在城市遊蕩時，偶爾仰望天空，那些高原的經驗已無從印證，但德吉是這麼說的吧？「東風往西跑，不出三天大雨到；西雲向東行，無旱無雨天大晴。」「月亮帶圈冷一月，太陽帶圈熱一天。」「虹現草地出大水，虹現水澤旱河床」……當她說「嘎青」星離月亮好近、紅霞轉黑了、山雀群叫、牛吃夜草，便是在預告一場雪災，如故事中女神即興的咒語而非眞正驚心動魄的災難──

那的確是一段咒語。先是響雷滾滾，雲塊由紅變紫變黑，驟雨帶著拳頭大的冰雹狠狠砸下來，帳棚被擊垮變形，德吉和我渾身溼漉漉的瑟縮在一角，外頭狂風捲起漫天雪片吹進帳棚，雪落在我們的髮上、臉上、睫毛上……我想伸手爲德吉拂去那層厚厚的霜白，卻四肢僵直動彈不得。感覺德吉用熱熱的舌頭在我臉上舔，當她舔去我睫毛上的雪，我看到她霎時老了八十歲的臉。

我倆這樣對望著，如百年後相對的兩座墳，久經風霜，看不清墳上刻的字眼。的確看不清，德吉如何起身衝出帳棚，奔向風雪中。我無力阻止這樣的突然。當她回來，手裡抓一隻羊，只見她抽出藏刀，從羊肚上直直劃下、四肢關節各刮一圈，不少時，一張活羊皮就被剝下來。

她用羊皮緊緊包住我，抱住我，不斷摩擦，直到我能夠動彈。

拂曉前，乍然風停雲散，我們互相扶持著走出帳棚，寂靜的雪原上，幾隻沙鴫正在整理羽毛，大雪覆蓋的牛角和屍體斑斑邋邋，看來倒不顯得狼藉，我們並排坐著，月亮照得大地依舊安詳，依舊美麗。

災後，我和德吉從四處拖回死畜，趕緊切肉拆骨，熬成熱湯，餵食一息尚存的牲畜。而帳棚外灰濛濛大地上，彷彿散落著黑黑黃黃的斑點，一點一點，越聚越密，德吉的白色母狗依舊仰著頭，朝天空持續尖嗥，當冷風吹走了眼前一片霧氣，這回我看仔細了，是一大群狼。

領頭的狼看起來又餓又急，不畏我們圈起的火把硬是衝上來，牠身上臉上都是老傷疤，似乎身經百戰，我們事先將幼畜母畜全趕到一塊，用火把在地上圍成一大圈，頭狼率領眾野狼逼近火圈，幾度闖關都告失敗，頭狼尖嗥一陣，突然奮力一撲！這回，牠的前腿終於跨進圈地，可是身上皮毛也被點著了，德吉的白狗趁勢衝向牠，牠叫著後退幾尺，又跳又滾的終於把火弄熄，而白狗只是努努鼻子隔岸嗅著那股焦味，沒再靠近。頭狼回到狼群，似乎不死心地打量我們，雙方保持一種對峙的局面，沒再有動作。

天未亮，狼群全散了。白狗又朝天空嗥叫了幾聲，狼群中傳來一聲長鳴。

我們在太陽升起時拔了營拆了帳，準備去到沒被大雪覆蓋的山頂放牧。路上積雪甚厚，德吉讓公畜踩在前頭開路，後面接著母畜和幼畜，白狗跟在最後頭，一路緊趕慢趕，終於來到一個陡峭的向陽坡，那兒的雪半融半化，綠草星星點點散綴在殘雪和礫石之間。

第一天，我們在山頂紮營。山頂的夜，清洌潮溼，帳棚外依舊有遠方野狼的低吟，我始終輾轉難眠，腦中彷彿有潺潺的水流、地底下草葉萌動的聲響……多少年來，在同樣難眠的夜晚，那聲音是一種鄉愁，一種想像的昨日之殘餘；從任何一刻起往前追溯都未曾結束。我還能聽見她的歌聲，我依悉能望見，羊群牛群像山風野雲一樣湧向山坡，而德吉的歌聲清脆嘹亮，漫山遍野都聽見了。

你的坎肩兒和我的坎肩兒，是同一塊羊皮做的，一個牧羊姑娘縫的，兩件坎肩兒近近擺到一塊，若要分開多麼傷心。

你的領巾和我的領巾，是同一條絲線紡的，一個唱歌姑娘織的，兩條領巾緊緊繫到一塊，若要分開多麼傷心。

她正唱著，如同草的擺動、風的節奏、野花的起伏，如同一系列連綴不斷從未退去的潮汐。

山頂的風亦如潮汐，深夜強風颳在帳棚上，令人覺得身體是浮動的，覺得靈魂離開了自己有段距離，而外頭那隻白色母狗從不睡覺，像固定舉行儀式般每夜每夜發出尖嗥。

我們在山南住了兩個月，五六天遷一次帳棚，有時趕著牲畜走上一整天，還找不到有草的地方，都說「三月草發芽，四月黃綠雜。」這是個青黃不接的季節，也是母畜產犢產羔的時節，天冷，草還沒返青，大畜變得瘦弱，而幼畜也

禁不起一路的風霜，牲畜們行走速度非常緩慢，可是必須遷徙的距離卻愈來愈遠。

大畜們更瘦弱了，有的已經走不動，德吉仍把牲畜往更南的山坡上帶，一路上幾乎已不見半棵草，連樹皮也被啃光。其中一隻頭戴紅絨球名叫頓珠的羊，突然脫隊，往東邊的谷地去，德吉朝天空揮半圈鞭子，要牠回來，牠不聽，讓白狗趕牠回來，牠也不理，反而跑得更快。

其他羊兒一隻隻跟著頓珠往東走，德吉忙著穩住其他牲畜，讓白狗去追回脫逃的羊隻，可是，頓珠是牠們的領頭，牠們著魔似的一直往東邊谷地裡去。遠望，那兒的確有一片綠地。

德吉叫我看住牲畜，她往前追，逮住頓珠。

頓珠不住地掙扎，德吉抽出腰間的小刀往牠脖子一抹，頓珠不動了。德吉拎著頓珠回頭走，其他羊隻沒了領隊，也乖乖跟著德吉回來。

「牠是餓瘋了，硬往狼窩裡闖。」德吉說這隻叫頓珠的羊經驗豐富，該知道那裡是狼窩，還帶著羊群送死。

德吉把頓珠就地烹了。

熱熱的羊肉湯先餵給所有的母畜幼畜，然後才是體能較佳的大畜。牠們或許是累壞了，或許知道喝的是頓珠的肉湯，都一副慘然又勉強的樣子。「總得補充營養才能走下去、活下去。」德吉拍拍每一頭牲畜，像是哄小孩吃藥似的，繼續一口一口的餵。

天黑了，我們收拾著吃剩的羊肉。一隻隻禿鷲巡過淡月孤懸的天蒼，始終盤旋在營火上頭。德吉把羊骨頭全丟到附近一個寬廣的平台，禿鷲們俯衝去啄，有的搶到大塊骨頭，一下子飛得很高，把嘴裡叼的骨頭往地上摔，再下來撿食碎骨中的血髓，有的來不及撿，好東西被同伴搶走了，當下打起架來。

「頓珠是隻老羊了，從來都捨不得殺牠……」

但德吉畢竟殺了牠，還把牠說成是「捨肉身救眾生」，即使是骨頭，也被禿鷲吃得乾乾淨淨。「頓珠有福了，很快便要投胎。下輩子會是個人了，不再是牲畜。」德吉後來閉著眼睛喃喃一陣，像是念什麼禱文。只見一隻隻禿鷲離開天葬台，飛過淡月孤懸的天蒼，消失在原野深處。

又走上整整兩天，我們終於來到一片半青半黃的牧地，德吉專找著一種叫「日札」的草，這種草營養高、抗寒又抗旱，我們催著牲畜多吃些，羊溫馴的吃了不少，可是牛馬不愛吃；德吉另外找到一種叫「邦札」的草，邦札的抗寒性也強，慶幸牛羊馬都愛吃，但德吉卻忙著穿梭在牲畜間，提防牠們吃下雜生其中的當草或龍布蟲，那會患上肺病……

在牧草返青的時候，我們又回到原地紮營，這兒已長滿一大片黃澄澄的「色金梅朵」，德吉說這東西最好，母畜吃了出奶多，幼畜吃了很快就上膘。她先把牛羊馬分別圈起來安置，頭幾天由她盤點，之後由我接手數數兒，起先我發現圈裡少了隻羊羔，過幾天又發現羊缺了數。德吉說白狗懂得驅逐野狼，狼群近不了，我也說夜裡並沒特別的動靜。可我覺得白狗的看管並不牢靠，回到牧地後，牠白天盡顧著遛達，到了晚上就心不在焉，站哨時肯定是打瞌睡了。

白狗看羊的確心不在焉，不過羊再也沒掉過。

自從白狗失蹤後，羊沒再掉過。

德吉也許不需要狗，她把牲畜照料得挺妥當。

*

在一年一度的農產品交易日，我和德吉趕著牛羊到縣裡的交易處，這裡，羊一隻換青稞四藏克（每藏克二十八斤），犛牛一頭換青稞十八藏克，酥油一藏克換磚茶五塊，牛尾一條可換藏銀二十五品。很划算的交易，現場的藏民把帶來的東西都換光了，德吉和幾個舊識正聊著，我用長途電話聯絡上了同行，他們的採訪已告一段落，要轉往下個地點，我們約好在城裡會合。

在僅剩的幾天裡，我努力捕捉德吉的畫面，她的野性和無所顧忌宛若夜空中的星光燦燦，看來熱鬧卻是一片萬籟俱靜。

是的，德吉一臉平靜而無離別意，她從容打點著牧畜和家私。

這天晚上，她把東西全整理妥當，不是打算爲我送行，是要我別跟他們走，跟她一道繼續遊牧去。

我說：「同行們在等我，我得回城裡去，我得回台灣去。」

她端詳著我，好一陣子，問我：「你眞的不跟我走？」

「是的。」

「城裡好嗎？」她問。我說不上來。但她倒是沒問起台灣，這個詞兒對她太陌生了，彷彿我是天外飛來的，不屬於任何地方。

她又盯著我，眼睛一閃，忽然抽出腰間的小刀，我往後退，她卻靠上來，另一手把我眼睛矇住。

「你鬍子長了。」她用這把鑲滿碎松石瑪瑙的漂亮小刀爲我刮起鬍子。一把一把，這些不長不短的鬍子，她全兜在一塊白布裡，先是小心理好，再用紅絨繩紮成一小束。

這晚，她坐在篝火邊，時不時望向我，像是看我是否睡著。我瞇著眼裝睡，見她在那頭，手上正忙碌，似乎在小心編織什麼。

第二天，爲了趕路，我選在凌晨出發，她起早爲我擠牛奶做了早點，我見她左邊一根辮子上繫了條短短的髮帶，又薄又黑，不同於其他辮子所繫的紅絨繩，我仔細欣賞它，很精巧的手工，我說：「是用我鬍子編的。」她嫣然一笑，拿這條辮子搔我臉頰。我不躲不閃，由她搔著，那癢，眞舒服，我順勢把這辮子繞住兩人脖子，繞得很緊，我們聞到彼此的呼吸，水氣沾上了彼此的鼻尖和嘴唇，就像一場熱吻後的餘溫，但我們沒有眞正吻別。

我離開時，她帳棚裡那盞酥油燈像是快燃盡了，隔著薄薄的簾布，火光稀稀疏疏如同日出時的繁星。

我在帳棚外停下，她也許沒打算出來送行。我端詳地上馬糞中那一枚她的腳印，佇立良久。

很新鮮的腳印，她眞的想去嗎？她改變主意，說要騎馬與我一道遠行，我沒答應。那時她不小心踩下這印記。

但等不及馬糞風乾，等不及帶走印記，我便走了。

我眞的想帶走那堆馬糞嗎？

行囊太重，這是我對自己的解釋。太濫情，則是另一種解釋。可我在馬糞上也踩了一記，她會看到。她會像我那樣對著我倆的腳印端詳，佇立良久。

又或許，她不知道我爲何留下一個腳印。是允諾日後回去，或者只是存個痕跡？

在我剩餘的幾千里幾萬里行程中，總有個印象，不遠的山頭，有她的牛羊群和婀娜身影。人們是這麼流傳的，說她當天就拆下帳棚，離開那片亮澄澄的「色金梅朵」，趕著牛羊，一路循我們的車轍追上來了。

我不知道她追了多遠，不過我卻追上她的白狗。

白狗沒有走失，牠是在狼群裡，在我們吉普車前被追趕著，那純白臃腫的身軀在一片灰灰黃黃的毛色中顯得十分突兀。

同行幾個獵人正要獵殺狼群，車子橫衝直撞，狼群四散逃命，而白狗跑得吃力又落後，還有一隻滿身老傷疤的灰狼始終離牠不遠，始終回頭對我們齜牙咧嘴。

獵人連射幾槍，眼見灰狼才倒地，一會兒又起身快跑；都說是條狡猾的老狼，懂得詐死。

吉普車繼續追撞，白狗終於不支倒地。吉普車停下來，灰狼在不遠的地方也停下來。我們鳴槍，灰狼跑開一小段，仍舊停下來。

白狗被我們抬上車，隊友掂掂牠肚子，說裡面肯定懷了好幾隻小仔，難怪跑不動。白狗張著眼睛空洞地望我，不斷喘息，口角流出的血沫混著淚水滴落我衣袖，我突然想抱住牠像抱住受傷的德吉那樣，德吉趕多少路了？這一路險惡又漫長，她累了受傷了嗎，天冷風雪大，她怎能立在山頭那樣堅定、又那樣不死心的目送我？

可是望遠鏡裡，那個堅定的身影不是德吉，是灰狼，牠立在遠遠的地方一直望向我們的帳棚，雪片撲到牠身上一層又一層，那灰灰的一丁點身影，彷彿被冰封雪凍了，未曾動搖。

我沒法阻止，那時隊友正煮著狗肉湯，都說此去一路艱難，恐怕無肉可吃，我婉拒他們送上來的肉湯，心裡噎不住酸，一頭衝出帳棚，把他們丟棄在外的骨頭和狗毛匆匆收拾起來，裹在厚厚的帆布裡。

別讓味道飄遠了。

別讓牠知道了。

我沒再使用望遠鏡。或許佇立山頭的那個身影眞的不是德吉，只是頭灰狼。

*

德吉的帳棚已不在草原上。我曾央求採訪隊回到湖邊，原野只剩零零星星幾株「色金梅朵」。

德吉走得好遠了，見過她的人這樣說。

走哪兒了？

有人說出和車隊行程相似的路線，有人說得像是羚羊南遷的路線，也有人說是上城裡去了。他們都說德吉戴了頂小帽，太陽把她眼睛曬成一道細線，她儘管匆匆趕路，沒跟誰打招呼，也沒好好看過誰。

而遠處山頂上那點黑影，依舊是狼嗎？

牠跟著我們好遠了，難道不死心？

雖然，我也不明白，白狗寧願拋棄溫飽的生活，跟著狼群一同奔走、一同喪命於獵人的槍管下，那滿身傷痕的灰狼打動牠了嗎？當牠嚥氣的一剎，我在牠眼裡看到了安詳，同時還有一種堅毅，如山頂那個身影一樣堅毅。白狗一定看見了山上等候牠的愛侶，因爲在牠眼瞳裡，我總是看到一個影子，是灰狼；又或許不是狼，是牠在與我對望的眼瞳中所折射出的另個影子，德吉。

*

德吉的確是與我對望，她又累又凍。她說，有匹狼總是和她走一樣的路，起先以爲牠要偷襲羊群，但這隻狼忽隱忽現，既不靠近牲畜，也不吃羊，只是朝山下眺望，跟她一樣地眺望。後來狼死了，死在山頂，埋在一堆雪裡，德吉把狼從雪堆裡掏出來。「牠看來又瘦又老，瘦的是因爲沒有進食，老的是因爲奔波和風寒。」德吉的語調裡滿是滄桑，好像說的是自己，或者一位親密愛人。

她把狼皮剝了，裹著禦寒，仍然在山頂眺望。她看著採訪隊在谷地裡紮營，越行越遠，可是沒力氣下山。有一天，她在風雪中睡著了，幾乎是死了那樣的睡，羊群聚到她身邊，圍攏她，覆蓋她，像一堆雪。雪繼續下在羊群上，慢慢覆成一個雪丘……

我是從雪（羊）丘裡把她掏出來的。我爲她撿拾木柴，升起營火，營火在她臉上忽紅忽暗，我抱著她，搓揉她每一寸肌膚，使它們溫暖。她問我如何找到她的？我說，是循著牛羊腳印，一路追蹤上來。她問我不在採訪隊了嗎？我說我早已脫隊，我要跟她一同去遊牧。她問我跟著她走過哪些地方？我說，她每個落腳處我都去過，那些落腳處也正是我從前停留過的地方，她是跟著我的舊跡找我，而我則循著她的新跡重溫舊地。

難道我們這段日子裡就只在尋找彼此？德吉凝視著我，眼中充滿難以理解的深奧或者笑意，她伸手撥弄我的鬍鬚，晚風輕輕，彷彿她的手指優遊。

「打從那天起我就沒再刮過鬍子，你看，鬍子長得夠編一條哈達了。德吉，我一直等你來刮。」我說著，挽起一大把鬍子擱到她手上。但鬍子的色澤已不再烏亮，斑駁的哈達她會要嗎？我總是如此猶疑。

「告訴我，那晚你是不是想殺我，像你對付頓珠一樣？」我又問。

德吉牽動著嘴角，笑意更添媚態。

還記得，當時她蒙住我的眼睛，我一時失了主意完全由她擺布，黑暗中的她，握著鑲滿松石瑪瑙的小刀，涼涼地摩畫著我的喉嚨、我的神經、血管，脈搏在刀鋒下急促的跳動。她會殺我嗎？我狂亂又冷靜的想，如果她就這麼輕易地一刀割下，我該睜著眼睛看她嗎？至少是最後一眼，然而，我心中沒有怨憎。就像那頂被巨鷹叼走的棒球帽，永遠離開我的身、我的意，飛到無何遠的他鄉，從此不再妄想遠方，因爲漂泊已成常態。

我告訴她一直沒刮鬍子，因爲忘不了那晚喉間難以言喻的戰慄快感，在那樣奇特的興奮中，我希望永遠愛她如同永遠死去。然而她沒有動手刮我鬍子，她睡著了，握著我的鬍子、聽著我的故事，在我懷裡像隻溫馴的羊。

我仍想告訴她別後的許許多多故事，多麼希望她醒，可是她就這麼睡著了，睡得就像她死了，沒有體溫沒有心跳，我的淚掉在她臉上，融掉那層薄霜，斑斑駁駁，彷彿寫上了字字悔意。也許，這樣擁抱著睡著也好，白雪會把我們覆蓋，像一座無形的塚……營火漸成餘燼，我把頭埋進她懷中，四肢僵硬得無法動彈，睡意正濃，我知道我們將成永恆。

夢裡，我覺得她醒了，挽著我鬍子，刮刮摩摩，如同以往那樣神祕的快感。我微笑著不想醒，想著我的鬍子編在她頭髮裡，那樣參差的顏色，看起來多像兩個人一同老去。

當太陽融化了積雪，我睜開眼睛，發現德吉不見了。

我試著尋找羊的蹄痕，可是白雪把足印覆蓋得多麼完美，就像完全沒有誰走過一樣。德吉！我站在這個高崗眺看谷地，就像當時她眺望我一樣，然而底下已沒有帳棚、沒有採訪隊，我的世界和她的世界，都離得我好遠。

*

這次我眞的回來了，循著原跡一路尋訪，可是我沒遇上那位姑娘，沒遇上我焦慮中的情況，比方德吉是否還認得我，或者我有多驚訝於德吉容顏的改變。我只遇上一場大雪，比起當年還劇烈的風雪。在我安葬白狗遺孤（那些未出世便已胎死腹中的小狗）之處，成千上百的灰狼、黃羊、野驢、旱獺……埋在雪中，展示著一息尚存前的美麗。各種角尖蹄腳露出雪面，斑斑邋邋，看來並不顯得狼藉，大地依舊安詳。

沒有人為我的來到而張望或停留，他們仍在不急不徐中繼續著行程。我像一道風景掠過一陣風，一個句號，無從棲身。

讀過傅爾敖斯一篇小說，他寫到某人消失於世上時，說是「如同水消失在水中」。我想起自己留在高原上的腳印，該被幾場風雪覆蓋得無痕無跡了，我知道再也不能循著原跡回去。

生命從來沒有原跡嗎？我曾經盡自己所能，記錄、模仿著印象中的代表物、無數場景，但從未真正複製成過去。

原野上，群集產羔的羚羊正吃著雁鳥的糞便，雁鳥則分食著羊的胎盤。我放下望遠鏡，拿出口袋的牛糞乾和火鐮、絨草，給自己升火煮茶，火苗大了，煙霧正濃

——

她曾問我：樹木在什麼時候該落葉？

當時我正問她：羚羊什麼時候該遷移？

或許這是度過一生最好的方式，他們的一生都在重複的不固定遷移中生活或死去。

產子後，羚羊即將南遷，而狼群早已嗅出這些弱勢者的體味，獵人也仍會守在

途中的路徑。重複的生和死、重複的路徑，但生命中卻沒有一樣重複的意義和痕跡。

記得我們從放牧的高崗望去，遠處德吉的小帳棚正坐落在草原上，一彎彩虹清晰地懸在棚頂上空，像一頂大而美麗的薄罩，把牛羊馬群都罩在裡頭……在那段日子裡，我到底做了什麼，有些印象似夢一般飄浮，還有些印象卻頗為具體，像是春天的牛開始長出新毛，我給牠們抓絨除鬣；夏初的牛同時混著新舊毛，我細心剪去那些老舊粗毛；滿三歲的牛同時該修尾巴；而產了犢的母牛則等竭乳後再剪……我是這樣一點一滴用收集來的牛毛為自己製成一頂黑帳棚的，帳棚坐落在草原上，與德吉那一頂分據了彩虹的兩端。

草原上的畫面是這樣的吧，我總是這樣想，哪怕我從沒編織成一頂帳棚。過去一件件地被歲月帶走了；縱使回首，也是在記憶裡重複走失一次。

在我往後的日子，有許多空白。每天來去匆匆，像不能停下來面對什麼。只有在夜裡，一張床讓我固定的躺下，還有一個習慣了的枕邊人，她會溫柔的對我說說話，當我感覺累了，就翻身抱她，像抱住那些空白的日子，讓自己覺得不那麼空。我曾抱過無數女人，並對其中幾位產生慾望，但我眞正想的只有一個，我想著德吉的腿，那腿毛眞的是一邊黑一邊白嗎？爲什麼在曾有的幸福感中，總讓人身不由己的恍惚？我感到無以名狀的遺憾，在這個生活了四十年的城市，卻有種異鄉人的感覺，我的人不在這，我遠在天邊……

我曾在天那邊遺失了一頂帽子。

而那頂遺落在高原的帽子呢？

這是我記錄過最動人、最悵惘的一種結局：德吉翻遍整個山崖的鷹巢，終於找到了帽子，她戴著它一路趕下山，一路行經我駛過的車轍、住過的院落、城市，沿途的每一站……

她還在帽子上插了一根雪白的鷹羽……她追蹤這個人到天涯海角，她沒讓他知道她的存在。她披星戴月，日夜趕路，帽簷下的眼窩深陷，臉上也乾出了一層皮，她總是遠遠眺望我……

是啊，我總以爲，那是個不經意揮出的球、一個來不及打包帶走的行李，錯過了什麼卻不想彌補……

但他們也可能認錯人了，事情從來沒發生過。我詢問我所住過的院落、城市、沿途的每一站，他們或許描述不清，或許言之鑿鑿。我希望，那眞的是她，也希望不是她，卻又害怕眞的不是她——我太矛盾，我問自己不能經受的是什麼，是寂寞的無從被彰顯，還是根本被遺忘？

生命總在無意義的徘徊中逝去麼？或者，偶爾也因某些未知行程而得到意義。可惜，我在迫促的情況下走過那些未知，像個短暫的喘息。我曾希望我不在她身邊，所以我離開了，把她留下。

然而人生並沒有想像中短促，我只是在不從容中自以爲從容地慢慢度過。

不用擔心我會到別的地方去。八年前，我曾對一個女人這樣說。那時我閉著眼睛，任由她挽住鬍子，摩摩刮刮，想著我斑駁的鬍子編在她黑髮裡，那樣參差的顏色，看起來多像兩個人一同老去。

但她告訴我，有一種鳥，春季時往東北飛；秋季時往東南飛；冬季則往西方飛，在每一個季節來臨時往該往的方向遷移，從不耽誤。

她讓我覺得我像是表錯了意，她沒有要我留下的意思，。她只像隻鳥那樣眺望過往季節裡的我。下個季節到了——

而她自己，正打算往別的地方去……

二〇〇八北京事件

你看我們是什麼？人渣？沒關係，我倒覺得還好。反正我們不是壞人，也不是好人，只是一文不名罷了。

我們沒有礙到誰惹到誰，甭說杜風和唐春不會生氣，就算是我，你當著面說，我也不會討厭你，我懶。能讓我討厭的人太少了，我不討厭好人，也不討厭壞人，只討厭沒勁兒的人。

你說我懷才不遇，唱高調？謝謝你褒獎，我肚裡的確懷了點鬼才；你說我其實在受煎熬，我沒感覺，但你說杜風和唐春活得行屍走肉，我倒覺得他們挺有意思的。他們生活中沒有別的事，就只是吃喝玩樂賭。

對，吃喝玩樂賭，把自己放得空空蕩蕩的，靈魂空空的，不是沒有靈魂。

他們只能這樣下去？是啊，北京可以發展的空間還很大，等著吧。杜風也時常講：等機會。

等什麼？就等奧運吧。

＊

我，孫在雄，他們叫我小孫，生在台灣高雄。單身，離過婚，前妻很漂亮，可是討厭我無所事事，她說我當導演是無所事事，意思是，只要沒有成名，賺不到大錢，不論做什麼都算無所事事。我拿到台灣電影輔導金，她從沒高興過，五百萬台幣，頭期款先給一半，不夠用，東墊西借，草草交了片，五百萬算是全領到了，可也全貼光了。電影叫「小雲之愛」，沒機會上市，就拍你們大陸妹嫁到台灣，後來賣身替老公治病的事。他們說台灣人不愛看，可你們大陸人也沒得看。

別笑。我的確是導演。

拍「小雲之愛」以前，我替李光頭導「十萬里路風與沙」，我是副導，他掛名導演、主持人，這節目在兩岸很紅，你們不知道其實是我拍的吧。別看李光頭一副大氣大魄的樣子，青海西藏新疆蒙古……他根本不敢去，都是我拍的。就算北京蘇杭這種不麻煩的地方，他也不管事，從頭到尾由我忙，他只管在攝影棚裡念稿，剪接上去，就家喻戶曉了。你去調片子出來看，片尾字幕有我的名字，不過你們會記得的只有李光頭。

我是怎麼混北京的？

我不當李光頭的副導後，先留在台灣拍電影、拍廣告，賺多少賠多少，後來老婆跑了，我沒牽沒掛，就又回北京找機會。辦奧運，機會多嘛。和杜風、唐春湊在一塊，是挺不容易的，其實大陸人和台灣人不容易成爲這樣的朋友，我想，北京人就是對說普通話的人有好感吧，所以對台灣人好，他們禮遇台灣人，是因爲台灣還沒被統一……

還有，台灣人大方。

十幾年前，我開始在「十萬里路風與沙」當副導的時候，北京人一頓飯六毛七毛，這還算多的呢，有人每天就五毛六毛的過日子。那時候錢好花，我每餐都請，收工後請大夥兒吃。大陸人爲什麼跟我們感情這麼好，因爲我們太慷慨了，請麥當勞請披薩，吃，不就是七八十塊人民幣的事嗎？他們七八十塊要過兩個月，我們一餐就把它花掉了。台灣人在這方面比香港人外國人大方，所以北京人對我們印象好。

像唐春、杜風跟我就挺好的。看我寫這劇本，都說會幫我找辦法，杜風說：「就弄個幾千萬，把咱們爺仨都演進去，都做男主角。」唐春也說：「要中了彩票，一定拿三百萬給你拍電影。」唐春對杜風也很好，他要是中了頭彩：「先把房屋頭期款繳了，然後給杜風買個大奔（賓

士──奔馳）。」他一直認爲杜風需要大奔，他講這話時非常認眞，可他從來沒中過，連最小的獎也沒中過。但他永遠記得杜風跟我。

別小看這混混圈，不是隨便讓人進來的，混混也很嚴格的，他看你不順眼、不會玩、不大方、不是個人物，根本不讓你進來。像當年李光頭的姪子想跟他們一塊，杜風就直接跟唐春講：「以後別帶他來了，這種老帽怎麼玩啊。」

玩，我們都會，吃喝玩樂賭，不然還能幹麼，習慣了嘛。要是帶我們去咖啡廳，還不知能幹什麼哩，杜風會說：「怎麼在這裡裝這個B，我們是這種人嗎？」我當然不是這種人，也不想當這種人，我在這裡吃的喝的，都靠捧台灣人的大腿，當康樂股長、皮條客，在北京就幹這事，所有台灣演藝圈的大哥到了北京，晚上娛樂節目都由我包辦。不過這次謝哥、偉哥是玩大了，他們一次要了八個女人，但我不知道他們還嗑藥。藥不是我給的，眞的，我只是培養人脈而已，不是想獲利。

什麼？李光頭身上也有。這我不知道，跟我無關。

說我捧的？對啊，謝哥、偉哥跟李光頭是我捧的，都是演藝圈嘛，到了北京就一塊玩唄。李光頭的藥說不定是他們給的，反正我不知道。

唐春、杜風？絕對沒有。我們哥兒仨都不沾禁藥。

我們仨在北京做什麼？

掙大錢啊。北京這地方眞能掙錢呢。

都掙些什麼錢？這個啊……

餐巾紙、計程車、打手？

噢，原來你都知道了，那我就沒什麼好說了。

其他的我沒做。眞的，比起杜風和唐春，我胃口不大，只要一碗飯；而他們不是只要一碗飯，是要一碗大到吃不下的飯……

先講唐春、杜風？好，就先講這兩個。唐春這人啊，天眞。他認爲跟杜風可以做很多正經事，可是杜風從不願意做正經事。杜風老消遣他：「你做什麼有勁，國家主席給你做最有勁，你幹得了嗎？」他們一碰面，就互相刺激。其實唐春想過很多事要幹，就是沒幹成。

我勸過唐春：「沒錢，就回去給李光頭幹唄。」唐春說：「你都不幹了，我還幹！你台灣人都受不了了，我北京人怎麼受得了了！」

唐春現在口氣大了，以前不是這樣的，會這樣，是給台灣人養大的。他之前幫「十萬里路風與沙」當過助理，同時還在一個國營機械廠做焊工，他是全廠焊得最漂亮的人，可是沒有用！這機械廠做的晶片沒辦法用，技術不到，只能買日本美國歐洲貨。唐春幹得沒勁，總覺得外面好，一個月可以賺一千多。他在工廠愛做不做，每次請假就請兩三個月，出來幫台灣人搬攝影器材，那時九〇年代初，我們一天給他十塊工資，他高興得不得了，他在工廠一個月只賺六七十塊人民幣呢。後來我們給他每月六百，外加四百五十塊補貼，一個月就一千五十塊了。他每次幫台灣人做個兩三個月，口袋裡兜個三千多塊，回家的時候，都覺得那幾百戶人家裡他最牛B了，他老婆一個月才領一百，他兩個弟弟加兩個弟媳合起來的工資都不比他多，他回廠的時候，廠裡的人看他，眼睛是這麼大啊！覺得他了不得，跟台灣人工作呢。

後來台灣人跑了，不拍大陸了，唐春回工廠了。到了二〇〇一年，李光頭又回北京拍「十萬里路」續集，一個月給他八百塊，「這連我老婆的一半都不到，我沒辦法幹了，台灣人不行了。」唐春說。「那時在大樓賣小吃的孩子，一個月都賺八百了，你們還只給八百塊，怎麼受得了，我都四十多歲了。」

再後來，唐春就跟了杜風，杜風一個月也只給他一千多塊而已，可是唐春心甘情願。杜風那時是開影視公司的，早先跟我們「十萬里路」合作過，後來拍了很多電視劇都賠錢。他是先拍再賣，以爲跟電視台關係熟，賣的時候可以賺錢，結果每次都賠，愈賠就愈得弄大錢來補；他本來不是騙子，後來才變成騙子，銀行也騙，黑道也騙，黑道要來宰他了，他才還。

杜風借錢還錢，都是唐春在跑腿。「杜風做的買賣都高檔」，唐春說：「杜風手筆大，看起來就是大老闆。」有一次他替杜風跑腿借高利貸，買了個牌位，說是乾隆牌位。唐春遇了人就得意的比手畫腳，說那牌位兩側的鎏金九龍有多威風，鱗片又是如何、龍爪又是如何，還有中央那一行滿文，沒人看得懂，可他知道，刻的就是「高宗純皇帝」。後來聽說德國也賣出個乾隆牌位，買主花了四百六十二萬人民幣，唐春聽了才不再提，他私下問杜風，杜風說：「管他幾個牌位，中間那行字你不是也懂，就叫乾隆牌位啊。」唐春說：「那你不被誆了？」杜風說：「被誆了就再找人誆回來唄。」

還有那個北京人頭蓋骨，杜風花了更多錢。唐春說是一九四一年被日本人搶走的那五個之一：「杜風擺在箱子裡，不肯讓我看一眼。我問他會不會又被誆了，真貨該不只這個價；他說誰看過眞貨了？他這個當然是眞的。」我問過杜風，杜風也只讓我看箱子，那箱子的確有些年代了，頭骨包在裡面，不能隨意打開，他說：「頭骨包了五層，擦顯微鏡用的細棉布、軟紙、吸水棉花、粉連紙、細紗布，當年在協和醫院裝箱時就用這些包。」我說：「你怎曉得」，他說：「歷史上這麼寫。」

我說：「你眞的對古物感興趣？」

杜風說：「是二〇〇八，奧運嘛，老外都來啊。」

他們最近搭上李光頭，就是爲著奧運。他們知道李光頭不拍那沒戲的「十萬里路」續集了，李光頭弄來一大筆錢，要趁奧運前拍一套「北京」系列，杜風覺得有機可趁，就搭上線了。

說起來，眞正想騙人的是杜風，唐春根本沒能耐騙人，他算是老實人，不能騙人，只能幫騙子工作。黑道很欣賞唐春，跟他說：「不要跟杜風混，你來這裡幹。」可是唐春說：「不能拋了杜風來跟你，除非杜風不要我了。」他就是這樣的人。只是碰上北京辦奧運，給逼急了。

那時候北京申奧成功，要整頓市容，拆屋，首先就從東城區開始，唐春家是第一批。他家房子在市中心，二環內，就在皇府飯店附近破胡同裡的一個破雜院。那時候政府要拆，蓋六層新樓房，是好事，可是舊屋換新屋要墊錢，首期交三萬，新房子總價十幾二十萬。他們這種人，一輩子也存不到兩萬，可是不交錢以後住哪裡？唐春為了湊錢，把希望全寄託在杜風身上，因為他替杜風做了很多事，杜風肯定不會虧待他。

別人不以為然，說，杜風肯定會跑，連老婆小孩都顧不了，他能不跑嗎？唐春常常和別人辯這個，可是仍相信杜風。

說真的，唐春不是不想做所謂的「正當事」。他曾經每個月領八百塊替李光頭幹活，幹半年，天天就是炒菜、買菜、打掃，這半年非常痛苦，後來才跑了，說李光頭把他當成保母用。反正那時候「十萬里路」續集只是口頭喊著，還沒什麼片可拍、沒什麼助理工作可做，李光頭也是擺個樣子在北京混。大家都一樣。

為什麼唐春那麼相信杜風？

因爲他親眼看杜風這樣子稱頭的過了兩年，都沒出事。杜風是個很高明的騙子，這個人看所有人都是條魚，知道要用什麼餌餵你。

杜風這本領也是磨來的，他本來很天眞，以爲幹影視，就是湊一點錢，找一些演員來拍，拍了賣給電視台。他看別人這樣賺錢，就以爲可以這樣賺，沒想到做了只有賠錢，一有洞就去騙錢來補，騙了錢又算新洞，永遠拆東牆補西牆。「等杭州那筆資金到了，我們又可以大幹一場。到時我給你三萬，去繳頭期款！」杜風就會對唐春開這種支票。

不過杜風的確有一套。他會畫工筆畫。那時跟上層的人交往，杜風不送錢，只送畫，人家看了，便覺得他很文明。其實他不會畫，是專門雇兩個人畫，落款就寫大大兩個字：杜風。送銀行行長、送老將軍、送老人脈。他對付上層就用這個，碰到下層的人，才用錢收買。

杜風在濟南辦過一個演藝協會獎。他打著演藝協會招牌去濟南，跟山東省政府說要在青島辦活動：「幾個大腕的都會來，瞿穎、陳道明、張國立都來，你們要贊助錢。」山東省政府眞的找廠商給他錢，廠商樂得有機會曝光，掏錢都挺慷慨。然後，有兩個騙子也來找杜風了。

那兩個騙子說：「我們跟曾慶紅（江澤民的辦公室主任，中央政治委員）從小一塊長大的，這個演藝協會獎，我們替你去跟江主席要個題字，你們拿到會場一擺，給山東省政府看看，要多少錢有多少錢。」杜風說：「好啊，你們去。」兩人各給租一輛奧迪車、給手機、給五萬人民幣。唐春看不下去，說：「杜風，你怎麼給他們那麼多錢？給手機又給車？」杜風講：「你不懂，這兩人有用。」唐春說：「有用個屁」，他跟杜風翻臉了：「這兩個是騙子，我都看得出來，老闆你還看不出來啊！」唐春吵了三天，杜風生氣了：「連你都看得出來是騙子，我看不出他們是騙子？」唐春聽了就矇了：「那你還給他錢給他車！」杜風說：「你既然都知道他是騙子了，你還怕他！」這很厲害啊，後來這兩人反而被杜風騙四十萬人民幣。杜風說他有筆生意，叫兩人投資，那兩人就信了；他們都以爲已經騙倒了杜風，給錢、給手機、給車、又給住好飯店……其實錢都不是杜風出的，杜風倒帳，還讓他們各拿二十萬出來，他花在他們身上的才十來萬，卻倒騙兩人三十萬。「多厲害啊！」後來唐春說：「我眞佩服杜風。」

杜風在辦協會獎時認識了一個青島名模，那女的跟杜風在一塊，杜風還花錢送她到法國遊學，這個女的也被杜風倒騙了二十萬。後來杜風還了她十萬，只坑她一半。唐春說：「這表示杜風對人家不錯。沒全騙。」

杜風對唐春更不錯，從沒把唐春給騙了。唐春會相信杜風也是這個原因。他每次跟人講：「杜風沒騙我」，人家就說：「是你沒錢！你有錢他照樣騙你。」唐春想想：「也對，是我沒錢。」可是唐春一直相信杜風，跟了他，所有的夢都會實現。而且杜風對唐春非常好，該帶他玩就帶他玩，該帶他吃就帶他吃。

在唐春跟隨杜風之前，杜風是眞的風光過。杜風這人，運氣好。他家本來住重慶，中學畢業後才搬到北京，他爸是中建四局（中國建築局第四公司）的人，因爲當時要蓋北京首都機場，被單位調了過來，他家人多，一半在中建，一半去蓋機場。一家子過得挺湊合，算不上多好。後來他在「中建」的二哥被派到桂林勘察一個飯店，三星級，可是營運不好。兩年後，他二哥回北京述職，報告上級說這飯店賺不了錢，乾脆賣掉，賣掉還有錢賺，自己經營反而賠錢。公司就把飯店交給他處理，剛巧，那時桂林的對外旅遊剛開始，他二哥遇到一個香港搜購飯店的公司，是李家誠企業分支，賣了飯店，對方給他兩百萬人民幣回扣。時間大概在一九八九年吧，他帶著這兩百萬上北京，離開中建，自己開了建設公司，事業做得很大，出門就已經開上「賓士六百」了。而杜風是他二哥最喜歡的弟弟，二哥給他錢，隨便他幹麼，杜風就開了公司，做的任何生意都是北京首創，比方說札啤（生啤酒），賺錢賺暴了。

杜風二哥在四十歲那年暴斃，太累了。那時起，杜風開始賠錢，做影視、做骨董、做什麼都賠，二哥給他的錢全部賠光光，變得一文不名，什麼都不是。

我認識他時，他四年沒工作了，一直想翻身，也一直不工作；他常帶我們上歌廳，說他姊夫在做認證（ISO）的機關辦事，好多人請他上歌廳吃飯，拜託他跟姊夫說一聲，批文就拿到了。

他口才好、人緣好、女人緣更好，歌廳裡的女人都喜歡他。他身邊的女人始終有四個，馬玲、大奶、小麗、老B。其中那個老B年紀最大，是中建公司黨委書記的老婆，兩人偷情已不下十年，老B的小孩都上大學了。而那個大奶，年紀最輕，在歌廳認識的，我問她怎麼看得上杜風，她說：「杜風沒錢，不帥，可是最可愛。」

杜風的確能討女人歡心，他去歌廳捧大奶的場，什麼都沒做，只教大奶騙客人。比方說，有大老闆打電話給她，問她怎麼關機沒接，她就說手機掉了，要老闆再買新的給她。杜風老是教大奶招數，騙客人錢、尤其騙日本人錢。「男人的錢不是要來的，是騙來的。」哈哈哈。

除了他老婆恨他之外，其他女人都喜歡他吧。他很體貼，不但幫那些沒錢的女孩騙錢，也能幫女人剝蝦殼、剝螃蟹；他很懂得生活、懂吃，還愛賭，一個晚上就賭掉八萬人民幣。沒問題，小麗會拿錢給他還帳。小麗是他以前就認識的，但一直沒成為女友，直到青島那個名模跑了，小麗就進來了。他一直保持四個女友的量，但小麗不是他最親密的，只是玩的。小麗知道，小麗跟他也是玩的。

杜風對女人有一套看法，老婆就當做老婆，外面的女人就當做外面的女人，絕不能混在一塊。

杜風的老婆是姊姊介紹的。當時他媽媽看這女孩還好，正正當當的，他就娶了。你別看他是個混混，娶老婆也要娶個正當的。唐春也一樣，媽媽要他娶的。唐春另外有女友，那女的有老公，雙方配偶都知情。我說這樣不道德。但唐春說：「總不能找個黃花閨女呀，她要跟我結婚怎麼辦？我們只偷情，別的都不談。兩邊都不離婚，兩個家庭都完整。」

他們覺得這樣沒錯，雖然不喜歡老婆，可是媽媽說了就算。他們都跟老婆沒交集，老婆下完班，他們煮晚飯給老婆吃、陪小孩聊天，然後咻一聲人就不見了。杜風沒工作，很會作菜，在家裡唯一做的事就是煮一頓晚飯。只是八點一到，就出去了。去找馬玲。

馬玲是女友，不是小姐。唐春說：「保齡球陪練，不是誰給錢就跟誰走嗎？」杜風說：「她不是那種的」，唐春說：「不是小姐，幹麼要你養她四年？」杜風就沒話說了。

馬玲自從認識杜風，就沒在保齡球場做了。她一方面像雞似的被人家養，一方面又想成爲人家老婆，天天質疑杜風外面有女人，杜風說：「誰都知道我外面的女人是你啊。」可是馬玲不承認是杜風外面的女人，她認爲自己是杜風的老婆。

杜風喜歡她，卻不代表自己不能和別的女人搞。但杜風眞的對馬玲好，男人爲

Yingtai 2009

何要養一個女人四年?還沒騙她錢咧,這裡面當然有性愛,還有別的什麼吧。他們可能是這輩子性愛配合得最完美的對象,杜風說:「即使一邊做愛一邊打架,還是很舒服。」馬玲每次都罵:「你不要我了吧!」杜風就說:「我不是不要你,是要不了你,我沒錢了。」她一直認爲跟杜風結婚是有希望的,可是杜風始終沒表示過。

杜風,哎,該怎麼說他呢?

他生活中沒別的事,就只吃、喝、玩、樂、賭。

他在我面前哭過兩次,說想他二哥,他懷念他二哥開的賓士六百能直接開進機場運海鮮回家,他懷念從寧波空運來北京的海鮮,滿滿一紙箱啊,那時北京還沒有人賣海鮮,他家已吃起海鮮了。

我說,他其實是個既軟弱又強悍的人。

像老B關心他一直沒工作,跟他說:「我叫老趙(老B的老公)讓你回來,給你個位置坐,別在外面混嘛,你就這麼不掙錢,不難受?」杜風說:「我難受啊,可是我回來,你給我項目經理做嗎?」項目經理是公司裡賺錢最多的職務,可以黑錢。老B說：「你想得美，作夢！」杜風說：「我沒作夢，就算你一個月給我一萬我都不做。一個月一萬，我不吃不喝，一年十二萬，連個破車都買不起。」

他一直在跟以前比較，可是回不去了。

像我第一次見到杜風時，他正在跟人家談買賣。他始終有大買賣要做，唐春也跟著起鬨，他們永遠在創造一種做買賣的說法，說：要去做買賣。以前就說要拿個三億在海南蓋遊樂場，還說要弄個一百五十億的塘港改建計畫，我問為什麼？他們說為了迎接二〇〇八北京奧運，我第一次聽差點笑岔，就憑這些角色，還能談一百五十億！它就是個笑話！

可是他們眞的吹出來了，一直吹一直破。他們吹泡泡的時候最幸福，就算後來破了，也眞的做了些趣事。

那個包皮皮包展最逗，你看過沒有？杜風認識個醫院的泌尿科醫生，他們出了個主意，把醫院裡病人割下的包皮收集起來，做成皮包，租了個小館展示，還眞的有人買咧，都是些闊女人，賣得最貴的是美國人的包皮，其次是日本人的、韓國人的。我問杜風，有這麼多老外上你朋友的醫院割包皮呀？他問我：「你看過幾個老外脫褲子？」我說沒有。他說：「都是本地貨唄，顏色染一染，摻點別的東西，天曉得是什麼。」那檔生意讓杜風帶著哥兒們上歌廳整整舒服了三個月，錢都花光光。

不過這招數被人學了去，後來有人賣老虎包皮、鱷魚包皮，都是假貨，連眞人包皮也乏人問津了。杜風現在用的皮夾子就是那次賣的，只有他那只是眞貨，其他的都摻假。

杜風從包皮嘗到甜頭，就把腦筋動到死人頭上了，他跟黑道交情夠，黑道跟監獄的交情更夠，他們把被槍決的死人屍體拿來，皮膚賣給一家化妝品工廠，做膠原蛋白、做除皺霜、做面膜，一度還賣到美國呢，面膜包裝上的模特兒，就是馬玲。聽說馬玲擦了有效，纏著要當模特兒，他就讓馬玲過了這次明星癮。後來他膽子更大，把剩下的屍體拆解，骨頭賣給移植公司、心臟瓣膜、肌腱、韌帶都賣，幾家醫院都有通路，沒價值的屍體還賣給汽車廠做撞擊試驗。不過他欠黑道太多債，這生意後來都讓黑道一把攬去了，他一文錢都別想。就算錢都給他賺了，離一百五十億也挺遠。這些把戲賺點零用錢花花還可以，他玩不久的。

但唐春就很好玩，他跟在杜風身邊，旁的沒學，就學到點機伶。有一次看到有人鬧著要跳樓，趕緊調了貨去現場賣望遠鏡、出租板凳，還四處宣傳來看跳樓，結果生意好得不得了，整條路交通阻塞，一大堆人來看熱鬧，那個下午，他賺了四百多塊，請我們上歌廳，開兩瓶酒，叫一個小姐，就花光啦。他第一次做東，挺得意的呢。

他們身邊的朋友都說他們在「造」（浪費生命），他們說：「不這樣還有什麼可以幹的？」就沒有人可以回答了。他們還說，你們也一樣好不到哪兒去，一個月掙那一千塊錢，守著老婆孩子，這不叫人過的生活，他們不幹這種事。這沒什麼對不對。

你說他們可悲。

不完全是這樣。只是苦悶而已。一方面自視滿高，可又是個沒本事的人。但他們真的曾在某段時間裡比很多人都有用。他們也不明白爲什麼會變成這樣？杜風天天罵唐春：「你有什麼不平的，我都平衡了，你又不是北大清華畢業的，你一沒學歷二沒錢，我們的日子本來就該這樣。我們沒什麼好不平衡的，我們還幹過有勁的事。在十年前，很多人連有勁的事都沒幹過哩；現在有勁的事都給我們幹完了，剩下的當然是沒勁的事了。」

剩下的都是些沒勁的事，你幹不幹？你還是得幹啊。

問題不是他不願意幹，是他幹不了。

我說啊，是這個國家、這個城市變化腳步太快，才產生了這些人吧。

我問過他們怎麼辦，他們答不出來，我只能說北京可以發展的空間還很大，等機會吧。杜風也講：等機會。他們都說這機會就是奧運了。

奧運，不只我們在作夢，二〇〇八之前夠大家再作一陣子夢了。

今年他們作的夢，就是那個古文化遺址。跟李光頭合作的那個，後來發生的事，你都知道了。

起先是這樣的，唐春不知從哪兒挖來幾塊石頭回家墊床腳，杜風看見，就問他石頭打哪兒來，唐風帶他去看，他們一路走到幾個野墳，杜風就停下來了，他雇人把那片山丘挖開，挖到幾個破罐破碗，土裡隱約幾副死人骨頭，杜風請了個歷史教授來，說可能是古蹟，哪個朝代？還沒來得及考證；也請幾個小報記者拍照片，有一張還是靈異顯影，說可能是古代貴族夫人。中國文化是個賣點，杜風想把它搞大，再弄些半真半假的舊貨來，可以搞個古文化遺址，順便配合他那北京人頭骨和乾隆牌位，開個古物中心。他說：「老外特愛中國古物，肯定有戲唱。」唐春說：「幾塊石頭幾副骷髏，眼看也不像啊。」，杜風說：「我看像就會像。」唐春說：「你那個北京人頭骨和乾隆牌位就不像啊。」杜風說：「我說像就會像。」難得杜風起了勁，還搭上李光頭。李光頭看上的馬玲，他勉強奉送上門；李光頭沒看上的大奶，也買一送一的送進了門。杜風藉李光頭的「北京」系列炒作這個遺址，這事做得很風光啊，你們都看到了，國外生意也上門了，泡泡眼看著就要吹大了，哪知道正式播映後，李光頭突然在媒體上公開道歉，說這遺址是假的。然後杜風和唐春就躲起來了……

唐春和杜風的確是躲我那兒去了，但杜風沒住幾天，他想他閨女，就溜回家了，要不是被馬玲那樣一鬧一亂啊……

馬玲去杜風家鬧的那天，杜風抱著我給他女兒買的大熊貓，到了家也不敢進；他解決不了馬玲的問題。那時馬玲已經到他家門前，行李都帶來了，而他就躲在樓梯間，聽老婆在門前跟馬玲講話，然後聽到馬玲罵他、要他爲她的青春負責，他沒辦法，最後還是抱著大熊貓跑了；何況，他又剛賭輸了八萬塊……

他本來想湊些錢給馬玲回老家的。他不能棄了老婆來娶馬玲。以前馬玲跟他要過二十萬，他最近因爲遺址的事鬧大了，顧不上她，本想給她個五萬塊就走人，說這樣大概不會對不起她，所以拿著僅有的五千元去賭，想贏個五萬給馬玲，結果連這點都做不到。他跟我說：「抱著熊貓坐在樓梯口的時候，是這輩子最無力的時候，但也只能把這女人放掉了。」後來他跑去墳墓找二哥哭訴，還跟我借了五百元買一隻紙糊的賓士車燒給二哥，然後把自己喝醉了……什麼都不管，就讓馬玲跟他老婆自己解決僵局。聽他老婆說那時馬玲鬧不到杜風出面，摸摸鼻子走了；後來她大概也把自己給喝醉了，身上又沒帶居留證，就碰上你們了。她不是違法打工的，你們放她走了嗎？她知道杜風現在的情況嗎？

你別那麼鄙夷杜風，李光頭這事，杜風是栽了跟斗，但他其實沒那麼惡劣。我每次看杜風那張臉，就覺得難過。哎，他一直都表現得快樂的樣子，只會玩耍，拚了命在玩。其實是麻痺。我常跟唐春講，你的苦不及杜風十分之一，唐春問

Yingtai 2009

爲什麼？我說：「我們從頭到尾沒有錢，你根本不知道有錢是什麼滋味，杜風是開過賓士六百，享受過權力的人，我們是窮光蛋的時候，他已經有錢到那種程度了，他現在當然比我們還慘，你說你會比他難過嗎？不可能。他拜他二哥時，燒那麼大的賓士給他哥，S320咧，最新款的大奔！」

杜風那天上墳回來，一直叫二哥的名字，一直哭。其實他是個脆弱的人，他的發跡全靠二哥，他的情婦數目也全學二哥。他二哥有一個老婆，四個情婦，他二哥死的時候，情婦哭得比老婆還厲害。杜風說：「葬禮上，四個情婦大哭。是眞哭哦——」金主不見了，當然不會是假哭。

可惜他二哥短短的發跡，短短的滾蛋。而杜風總在作夢，總當他二哥還活著，不願意幹小事……

是的，他想做大事想昏了頭，以爲眞的騙上了李光頭。

大家都說李光頭有正義感，發現錯了，就不計損失的公開道歉。其實不是的。是李光頭騙了杜風、利用了杜風。他早知道遺址是假的。這事我後來才曉得。

爲什麼李光頭知道了還跟杜風合作？

讓北京再當衆丟一次臉啊。外國媒體都報導了，大大的丟臉啊。

你想想看，如果北京奧運沒有辦成，中國以外有多少人會高興？

別這樣看我，反正點子都是李光頭給的，我只是偶爾跑跑腿。既然被查到了，我就認了嘛。先前那些小壞事，的確有我的份：那些外國人在北京莫名被揍一頓、那些黑心餐巾紙、那些計程車載外國人到郊區突然放人鴿子……是我張羅的。就說件最不起眼的吧，那些外國人常去的餐廳有時被丟了幾隻蒼蠅，你不知道，單單丟進一隻蒼蠅就賺一千塊，誰不想幹啊？

幹麼出這麼多錢搞鬼？

把整個城市的形象一點一點弄壞啊。

李光頭底下有一批人專門幹這些小事，我本來以爲搗搗蛋，無傷大雅，後來才知道他還幹了大事。拍片是幌子，李光頭只是用拍片名義來北京，他沒拍到什麼正經的片兒，倒拍了些假片，像假遺址、假新聞，前陣子電視台說有人用碎紙混進肉餡做了包子，就是他的人手拍的，賣給了電視台。

假遺址的事，杜風眞的不知道李光頭的算計，我要是早知道就會提醒他了。杜風沒這個膽，他挺愛國的，只是想賺外國人錢而已。

誰主使的？這我怎知道啊。

錢從哪裡來啊？這問題我也問過李光頭，他笑笑說：「不能告訴你，說出來要人命。」

你問我這幾天都去了哪？

這幾天我都沒出門，就和唐春一直待著啊。至於杜風，我說了，他回去看閨女沒看成，回來向我借錢去掃他二哥的墓了，他哭的那個樣子啊……

話別說遠了，好，就說杜風那天晚上的事。杜風那晚是要趕去挽留馬玲的。他那天祭墳回來，哭一頓，喝了酒，晚上就走了，路上打電話回來說小麗給他十萬塊支票，還借他一輛大奔，本來要去還賭債，可等會兒得找馬玲，馬玲說要走，不能讓她走。「明天再去老三那兒給錢，就八萬嘛，不著急。」我不知道他是怎麼遇到老三的人，他肯定也是這樣跟老三的人講的，我猜對方一定是攔住他了，叫他哪兒都別想去。何況杜風又醉了，被擋路大概就卯起來了：「你吹牛B，我就走給你看。」他開車要走，對方連開幾槍，他開得更快，然後就撞上別的車……

你說支票還貼在前座碎玻璃上，按著杜風的血手印？啊，難道他想跟人家說他有錢，別怕他跑掉？

是的，他只跟我說小麗給他支票還債，賭場的老三催得緊，還笑著說老三要派人來堵他了……

開槍的人該抓到了吧？

啊，還沒？

那杜風這運氣，虧大了，人沒中槍，倒是自己把自己給撞壞了。他路上還擔心我，打手機給我，一會兒說要去找馬玲，一會兒又說台灣會被大陸打，叫我別走，我本來是打算回台灣了。「你是我哥兒們，你待在北京安全，我放心。」他以爲自己有錢了，手上有張十萬塊支票，什麼都能解決了——「待在北京要幹麼？」我問。他說：「繼續舒服。」

我不知道那時候他在車上被開槍了，聽他聲音，肯定喝茫了，還惦著我和馬玲。

馬玲知道杜風出事了嗎？

也好。別告訴她。免得杜風病床上不安寧，他老婆和情婦肯定隔床對罵。他要是活過來了，你們也要關他？那他就更安寧了，沒機會聽老婆和情婦吵架。唐春只是跑腿的，不會關太久吧？

你怎麼老要問那幾天唐春去了哪裡？

我說過了嘛，都跟我在一起啊。他只偷偷回家一次，就是杜風去掃墓那天，唐春也出門，回去叫他老婆向娘家借三萬塊，暫時解決房屋頭期款的事。他那天晚上照樣買了張彩票，照樣說要給杜風買大奔、給我拍電影……

呃……唐春回家那天我在幹麼？

我在屋裡喝酒睡覺啊。對，睡到唐春回來，沒出去過。

李光頭啊？

我沒跟李光頭碰面。

什麼，李光頭死了。我不知道啊。

你沒證據，怎說是我下的手？

他體內驗出一樣的藥？

冤枉啊，我眞的沒有藥。我說了，謝哥、偉哥的藥不是我給的，我也不知道李光頭吃了什麼藥。

他們說我給的？什麼話嘛。我只幫忙打電話找女人。你該問是不是他們殺了李光頭。

都有嫌疑？那我還不算太虧。

馬玲？只聽杜風說她要走，不知道她去了哪。你該問她啊。

她醉到不記得？這我就沒辦法了。

大奶也查了啊。

噢，她那時在接一個日本客人，那不就沒事了。

*

要我說，李光頭是誰殺的？有很多可能，杜風、唐春、謝哥、偉哥、我、馬玲，甚至是美國、日本、台灣，或者中國官方。可能挾怨報復、可能謀財害命、可能殺人滅口、也可能是就地處決……這事精采，比我寫的那些渾事，更有看頭。

你問我現在難不難受？

不會吧，關就關唄，沒什麼好抱怨的。

人活著有一大部分是運氣，不是有能力的人做什麼都行，往往就是沒有那個運啊。比方抽獎，人家一抽就是電漿電視，你怎麼抽都是香皀、牙膏，你總不能氣得砸人家電視啊。別以爲我憤世嫉俗，吃這點牢飯不算什麼，我變得愈來愈開朗了。沒抽到電視就不要看電視唄，不喜歡香皀就不洗香皀唄。很多事情你沒法較勁，像「十萬里路」明明是我拍的，可你們就只知道個掛名的李光頭，他可愛嘛、有門道嘛……沒事！既然目前沒辦法，就歇一會兒，等機會，就算沒機會，我還是不想將就著幹小帽，至少這劇本一定要搞好……

同志，講了這麼久，我覺得和你挺投緣的。別誤會，只是你長得不像女公安，人好看、話又不多。眞的，我想把你也寫進去，找個漂亮女演員扮你。出獄後，我就把這劇本寫完，去跟台灣人募錢拍個片，把你、唐春、杜風、奧運、北京和李光頭都寫進去，不過你看不到，這片子大陸肯定會禁。

那拍了要幹什麼？進軍國際影展啊。我希望外面都能看得到我的電影。

行！行！就當我作夢。不過你們關了我，以後再禁我的片，我眞的就有機會揚名國際了。你們能關我一輩子嗎？呵呵，我眞的無所謂。

主題是什麼？

頹廢啊，那種你無法想像的快樂。

想搞破壞？不會不會，我一定在劇本裡認罪。

你還要問李光頭怎麼死的啊？我不知道，眞的不是我推下樓的。但我肯定把這

事寫得和北京奧運一樣精采。

＊

你怎么知道李光头是坠楼死的？露馅了？

這個啊，同志，讓我想想……

还需要想吗？先药昏了再推下楼，是呗？

＊

二〇二八年，我走在北京街頭，張望著陌生的市景，我終究沒經歷到二〇〇八奧運；我出獄了，我一文不名，可我仍不想幹小帽，我得把這齣戲寫精采，去跟台灣人要錢，進軍國際影展。只是……那年李光頭到底怎麼死的？我怎麼看，都不像是我殺的啊。

Ying tai 2009

眾神之谷

梵衍那國，東西二千餘里，南北三百餘里，在雪山之中也。人依山谷逐勢邑居。國大都城據崖跨谷，長六七里，北背高岩。有宿麥，少花果，宜畜牧，多羊馬。氣序寒烈，風俗剛獷，多衣皮褐，亦其所宜……王城東北山阿有石佛立像，高百四五十尺，金色晃耀，寶飾煥爛。東有伽藍，此國先王之所建也。伽藍東有鍮石釋迦佛立像，高百餘尺，分身別鑄，總合成立。

——玄奘《大唐西域記》卷一〈梵衍那國〉

石窟下，到處是碎石和土塊，我走到西大佛前，仰望這尊五十三米高的佛像。轟炸後，岩壁上的佛頭已全毀，只剩中間一段模糊殘軀。佛前立了一支藍色告示牌，寫著聯合國教科文組織保護、嚴禁入內等字樣。我偷偷沿著石窟側面的暗洞拾級而上，直抵大佛頭上的圓形窟頂，窟頂的壁畫和彩繪已遭破壞，我憑著微薄的印象摸索，就像當年一樣，坐到那個原屬於「伎樂天人」的位置，俯瞰整個巴米揚峽谷。

巴米揚，玄奘筆下的梵衍那國，四周綿延不絕的興都庫什山脈，山頂依舊迤邐著白雪，谷地裡，泥土夯築的房舍錯落有致，柔和的晨曦，透過一排排胡楊木，籠罩住整個村莊田野，村中冉起了裊裊炊煙，溪邊有幾個女子臨流梳洗，農夫來回的在田間耕作，一群長尾喜鵲正停落到附近跳躍嬉戲……晨曦中，即使是不遠處，那些駐守在東大佛前的軍站和砲彈，看來也不那麼刺眼了。

陽光照射在岩壁上，由清晨的橙色逐漸轉爲淡紅。我循著佛頂通道爬行，打算繞到大佛的另一側去，忽然有人叫住我，一個小孩拿著長槍跳出來，說自己是警察，要我交出過路證，我說我沒有，問他哪裡可辦理這種證，他擺擺手，說不必麻煩了，給錢也可以。問他要多少錢？他遲遲不開口，似乎有些猶豫的打量著你。我給了他二十萬阿尼（約值美金三・三元），他略顯驚訝，羞澀的說：本來只想要兩萬阿尼就好。才說著，一手卻迅速把錢塞進口袋，然後很盡責的扛好槍，像是押著人一樣保護你。我攀上了佛像被炸毀的面容，站在原是鼻孔的位置，向遠天大喊一聲Salaam（和平。回教國家問候語），持槍小孩好奇地看我，我再喊一聲Salaam

——這是替莫哈德喊的。

那一年，我告訴小莫哈德，公元六、七世紀時，有許多遠從印度和中國前來的僧侶，聚在這個佛像的鼻孔裡大聲誦經布道，他聽了很興奮，也邀我爬到大佛的鼻孔（兩百年前已被入侵者削平）布道，而他所布的「道」，僅是一聲Salaam。

Salaam！我們習慣穿梭在數以千計的佛窟洞穴中，輪番呼喊，然後傾聽兩個聲音此消彼長的回響。莫哈德熟練的出入各個佛龕，不時停下來撫摸壁畫上的彈孔。經過連年戰爭的洗禮，洞窟裡增添了許多彈孔，莫哈德把手指插入一個個彈孔，讓我猜哪些是蘇聯人、哪些是塔里班❶士兵的傑作。那神情，沒多少感傷，卻有點頑皮。他悄悄告訴我，有些彈孔已經不見了，被補上了——裡面填著他的心願石，每顆都有不同的心願。他說他已想不出什麼心願了，問我有什麼願望，要替我寫在小石子上，填進去。我謝了他，一時卻說不出什麼。他從口袋掏出一顆石子，閉上眼，要我放心寫，保證不會偷看。我遲疑片刻，只把空白的石子塞進一個「伎樂天人」的衣帶，恰恰填住了那個彈孔……

從西大佛下來，持槍小孩「護送」我到四百米外的東大佛前。望著被炸毀的佛龕，原本的釋迦牟尼像已蕩然無存。佛前的軍站站著幾個拿槍小孩，我的「保鏢」得意的向他們炫耀那二十萬阿尼，幾個孩子聽了，主動要來「保護」我，我揮揮手拒絕，孩子們又退回原地，我把小保鏢也打發走，他如釋重負，輕快的邊跑邊哼著小曲。再看一看眼前空洞的石窟，真的連一點痕跡也不留了，聽說大佛被炸後的碎片，已走私到巴基斯坦藝術商人手裡，遠售他國。不知道，那些流落異鄉的碎石塵末中，是否摻有莫哈德的心願？公元六三二年，玄奘途經此地，曾說巴米揚有百寺千僧，這像是不堪一擊的往事，而今，許多珍貴緣分都已縱眼即逝，又如何在蒼茫雲水間苦苦找尋？回首身後的巴米揚谷地，正是一片綠茸茸的春天景致，我摘來一朵小花，放到佛前腳下，稍作停留，便返身走進那片綠色的靜謐中。

靜極了，田間幾隻嬉戲的喜鵲，無聲地跳躍，一下一下：我彷佛看到莫哈德站

❶塔里班，又稱神學士民兵，成員大多為阿富汗最多的人種，帕斯圖人。彼時，阿富汗境內分裂為「塔里班政權」及「北方聯盟」，塔里班政權控制了阿富汗九成以上的領土，至於總統拉巴尼所領導的北方聯盟，在國內並無實權。

在這片茫茫綠野，要為妹妹戴上一朵花。妹妹搖頭跑開，莫哈德笑著追住妹妹，驚走了幾隻喜鵲……

十歲的莫哈德，他另有自己的名字，他喜歡叫自己塞爾薩爾，叫妹妹沙瑪瑪。塞爾薩爾是本地人爲西大佛取的名字，意思爲「一年又一年」，沙瑪瑪是東大佛的名字，意爲「太后」。而小莫哈德只覺得這兩個名字好聽，就隨手拿來用了。他家祖傳的石屋原本位於巴米揚谷地，小屋與大佛對望了好幾百年，自從毀於塔里班的炮火，全家便逃到大佛腳下的山洞——

那年，一九九八年，莫哈德十歲。

那年，我接受一家地理雜誌委託的攝影專案，跟隨國際救援組織與台灣某宗教團體進入阿富汗中部的巴米揚。機上滿載著大批賑災物資，我們將物品運往烏茲別克南方邊境，再換上拉巴尼（北方聯盟領袖）❷政府派來的專機。當飛機危危顫顫來到了阿富汗上空，放眼望去，只見一片枯索的礫黃，而遠際的帕米爾高原，彷彿由世界盡頭一路雪跡斑斑的延伸過來，直抵這片荒徑山脈。

興都庫什山脈，在巴米揚城北展開一道三公里長的崖壁，壁上鑿滿上千個神龕佛窟，東西崖面各立一座大佛，一尊鑿於公元三、四世紀，高三十八米，一尊鑿於五世紀，高五十三米。他們說，此處最盛時期，規模要比中國的敦煌大上十倍。但我只記得艙門打開時，那片蒼涼的景觀，和僅有的一條泥土跑道。連年內戰，巴米揚對外的陸路交通時時被封閉，尤其年前開始，情況更加嚴重。本地以農牧為生的哈薩拉人，在神學士民兵的封鎖下，無法將牲畜販往外鄉，只好就地賤賣，以準備過冬的穀糧；不料冬雪早降，雪災頻仍，再加上遍地蟲害，百姓在極端缺糧的情形下，連來年預留的穀種都吃光了，許多人開始掘食草根、許多人餓死……但它依舊被封鎖，即使要輸送救援物資，只能依賴空運。而即使是救援，在過去的十數年間，也僅僅有過三次外援能夠成功進入。

春天的巴米揚是美麗的，即使你曾嗅到過疾病和飢餓的氣息。小莫哈德在茫茫綠野間，為妹妹在髮際別上一朵小花，妹妹那稀疏的髮和縮著脖子的滑稽模樣，令

---

❷「北方聯盟」是由阿富汗境內中北部少數民族，如塔吉克、哈薩拉、烏茲別克、亞利安等組成。

人不禁為孩童的天眞和大地的爛漫而心動，我的相機快門驚起了幾隻喜鵲，喜鵲通知了莫哈德。莫哈德求我雇他做嚮導和翻譯，他會簡單的英文，雖然不算流利；他也會為我趕開其他小乞丐，雖然他和他們一樣窮。我不理他，他便拖著妹妹追我跑，妹妹跌倒了，他跟著倒，我見他身上有血，問他傷得可重？他笑著掀開外衣，露出裡邊黑垢垢的身子，說沒事，衣服上的血是死人的，這件衣服是從死人身上扒下來的，他還有好幾件這種衣服，等著賣人。

莫哈德老要賣東西給我，鉛筆、筆記本、銅鈕釦……我不買，他就去賣別人。別人買不起，他便求我送他一些鉛筆，好讓他寫字、作功課。我買了他的鉛筆給他，他卻又留著不寫，盤算著轉賣出去。不過，除了賣東西，莫哈德對人是慷慨的，他偶爾會從口袋裡，掏出從野外拔得的草根，尤其是最捨不得吃的那種帶有甜味的草根請客，甚至還遺憾的告訴你，草根不能全部給你吃，另一半要留給爸爸和爺爺。

莫哈德是家中長子，自從父親誤觸地雷炸斷了腿，母親病亡，他就負擔起全部家計，有時冒險替人跨越邊界走私物品，有時尋找剛被炸死的人，撿拾死者身上遺物，再拿去轉賣。他訓練了一隻大老鼠，專門替他留心地雷，老鼠每發現一枚地雷，他就賞牠幾顆豆子吃；老鼠一直沒被炸死，他的膽量也就越練越大。至於遊走巴米揚佛窟群，對他而言是最輕鬆的活兒。那段期間，他停掉了走私、賣貨，專心做我的嚮導。我說只要不賣我東西，就給他加倍工資；他的確不纏著我買，但還拉著別人買，我買斷他所有的鉛筆，他沒得「兼差」了，才老老實實幹起嚮導和翻譯。

隨著陽光照射角度的轉移，岩壁的色澤又有驚人變化。正午時分，強烈的陽光投射出令人無法直視的金色光芒。我換上墨鏡眺望整個崖壁，多麼心懾又感動，恍然有種佛光普照的錯覺和震撼。的確無法直視，這片炫目的佛國，遙想一千四五百年前，上萬名僧侶在此學習的盛況，他們是如何選擇這片懸崖？如何鑿出這些佛窟和小徑？尤其，兩尊大佛又是多麼艱鉅的工程。當衆神與僧徒一同俯瞰這片谷地，巴米揚子民亦是被眷顧的吧。那年，我在隨身手冊裡臨摹了無數神佛，雖然壁畫與塑像毀損得厲害，可我只能藉此保留住自己的感動和遺憾。當我換上老花眼鏡，臨摹佛像，小莫哈德便拿走我的墨鏡把玩，他耐心等著我畫完，也不忘叮囑要畫出壁上的彈孔，我知道，裡面有他藏匿的祕密，那些小羊快點長大、妹妹少哭一點、冬天樹葉不要掉光之類的心願（我偷看過幾顆石頭）。

莫哈德總是耐心的等，不論我畫畫或工作。當他小心的問：還用不用眼鏡？便是要向我借眼鏡了。他常向我借老花眼鏡給爺爺看他撿來的報紙，他說等他認識了所有的字，就可以念報紙給爺爺聽……

可是我不知道他是否又多識了些字。

那時，我曾去他家穴居的石窟，看他父親在病榻上教他念書，莫哈德學不好，父親就用那隻只剩半截的腿踩他，他踉蹌逃出來，逃到洞外的遊戲場，還沒喘過氣，卻若無其事的輕鬆唱起歌兒。唱他的〈喜鵲之歌〉，唱得比田間的喜鵲還活潑、還跳躍、還歡快。

是的，莫哈德不喜歡上學，也沒多少時間上學，可是他喜歡學校裡的慶典。那一年在巴米揚，適逢當地節日，莫哈德領我到慶祝會場上，在一群嬉鬧的孩童中，引吭高唱他自創的喜鵲之歌。然而，我卻無法歡快起來，我不能無視會場屋頂上，那許多持槍駐衛的塔里班士兵。

莫哈德父親斷氣前，仍用那隻只剩半截的腿踢莫哈德，叫莫哈德別哭，他得快點交代他的遺願。他的遺願是對我說的，他託我替他小孩找字典，說以前教莫哈德讀書時，都是念字給孩子學拼音，可是昨天莫哈德撿來一張報紙，問他某些字的念法，他已說不清楚……

我答應給莫哈德買一本字典，但那種特殊的英文波斯文❸字典，一時買不到；不久救援組織就要離開，我告訴莫哈德，回國後會託國外的友人代爲購買，再寄贈給他。第二天出發時，司機剛發動車子，靠近後車窗的同伴忽然喊停，大家回頭一看，一個小小的身影正朝我們急奔而來。莫哈德追上了，他給我一張字條，上面是聯合國難民公署在此地的通訊處，他說鄰居告訴他，所有難民的郵件無法寄達到家，只能由此處轉交。望著氣喘吁吁的小莫哈德，我不禁怪自己粗心，早該想到，在這種戰火封鎖的環境下，哪能有正常的郵務可言呢。我拿來一條手巾，要替莫哈德擦掉臉上的塵汙，莫哈德害羞的縮縮頭，說別擦了，跑回去臉上還是會弄髒。但我知道，他是捨不得把這條手巾弄髒。

車要開了，莫哈德從口袋裡捏出一顆銅鈕釦，開心的遞給我。我要給他錢，他搖搖頭，說是送你的，不是賣你的。那張頑皮的小臉蛋上，塵垢與汗漬交匯成流，展開的笑紋擠出了兩道長長的泥鬍鬚，他說得好認眞，我便鄭重的收下。銅鈕釦的形狀很特殊，彎曲的紋路彷彿一枚指印，彷彿他字條上留下的那枚髒髒指印。

車子開動了，莫哈德在窗外再說些什麼，我沒聽清楚。疾行的風景中，只見他忽然蹲下去，撿了司機剛才丟棄的菸蒂，用衣服小心擦拭，像隻喜鵲那樣雀躍地走了。多麼瘦小的背影、誇張的步伐，不知道，這菸蒂要拿去賣誰呢？

不久巴米揚戰火再起，我沒有莫哈德的消息，也沒有積極追究。

莫哈德收到字典了嗎？

字典裡有張他在大佛前的留影，他看到了嗎？他喊Salaam的淘氣模樣。

成人世界的緣分，有時比自己所能懂得的還沒重量。一切音訊，就像是自然而然，或習以爲常的斷了。

幾年來，我曾經有過欲望，但並不強烈，只覺得在蒼茫人海中要銜續一段露水

❸哈薩拉人使用的語言是波斯語。

般的情誼，對一個滿目霜葉的暮年男子而言，似乎是奢侈了。

我仍持續我的攝影和旅行，偶爾也接受專案，隨同救難組織進入其他災區採訪。對我而言，採訪災難，原僅出於探險的欲望與搜奇，生活並不因此而沉重；即便日後曾有過關切與使命感，然而災難從未結束，每一次走訪，只是將前次累積的沉重，再收束一些、再蒸發一些。最終，遂化為一種麻木，一種因過度沉痛而自覺無能為力的麻木。世界終究如此，你只能學會舉重若輕。

直到二〇〇一年三月，那場舉世震驚的滅佛轟炸，再度搖撼我的麻木。透過CNN新聞轉播，塔里班向世界展示了他們滅佛的「成果」❹。你看到炸毀大佛的畫面不斷重複，畫面隨著爆破聲劇烈晃動，你所熟悉的巨佛化成漫天黑煙，你彷彿聽到那個小孩天真的叫著：**Salaam**，同時畫面旁有軍人高喊：偉大的阿拉！萬能的真主！

這一天，我決定重回巴米揚。

清晨五點，我坐上從喀布爾出發的公車前往巴米揚。往巴米揚這條路很漫長，一路盡是破碎和泥濘，路旁廢置著很多坦克車，封在厚厚的塵土裡像一丘丘墳墓。漫天灰煙，我用衣袖遮著眼鼻遙覷窗外，天空依舊湛藍，幾個村童正在附近擲紙飛機。道路是破的、房屋是破的，紙飛機也是破的，看他們玩得多開心！但我眼中卻仍是碎裂的印象，日前在喀布爾博物館的印象——那些被催毀的佛像、四散的碎片，從高地望下去，處處殘垣敗瓦，連那座宏偉的達魯拉馬宮，也被炸得斑剝粉碎。

我想看看，還剩下些什麼，但什麼都不剩。

或許莫哈德早有預感。

還記得那天，他給我一張紙條，除了聯合國難民公署的通訊址，還有一行歪歪怯怯的字：「如果可以交換，我能放棄字典，讓你把那本畫滿佛像的手冊給我好嗎？」

我沒給他畫冊，卻給他字典。可是，他收到了嗎？

❹塔里班領導人宣稱伊斯蘭教只有一個真神，其他雕像不該被崇拜，應該完全摧毀。

來到巴米揚，我先找到莫哈德的家。站在洞外，一股牛糞味撲鼻而來，濃煙瀰漫，裡面的人像在燻烤什麼，我看不清洞裡光景。幾個女人抱著一堆髒衣服行經洞外，我往洞穴旁讓了讓，見有個老人正從裡面出來，我趨前問候一聲，知道他目前就住這兒。

他說他不認識莫哈德。

這原是意料中事，但我真的不願意看到，什麼都不剩。

終於在一個半毀的佛窟裡，找到馬迪。馬迪曾是莫哈德的鄰居，他告訴我滅佛之前，所有本地男子，都被迫在炸佛過程中做苦力。那些日子，他們在塔里班士兵的監督下，徒手在大佛周邊挖洞埋炸藥，莫哈德力氣小，挖得淺，老被痛打。馬迪讓我看了他的手指和膝關節，那上頭還有深深的疤痕，他說莫哈德挖得指甲都掉光了，被打得渾身是傷，可是還有本事往口袋藏幾塊碎石，不知他藏這些做什麼……

但莫哈德去哪兒了？

炸佛後，馬迪和莫哈德一家逃往難民營，路上看到一隻腐爛的羊屍，腐肉被其他難民爭奪一空，莫哈德只搶到一張長滿蟲蛆的皮，他用溪水努力洗淨，升火烤熟，莫哈德的妹妹囫圇吃下一大塊，結果腹脹多天，直至死前仍嚥不下任何東西。莫哈德與爺爺雖然逃到難民營，可是慢了一步，沒分到帳棚，連配額的毛毯和囊餅都沒有。祖孫倆走了三個多小時到沙漠上撿枯枝，就在難民營附近挖了個土坑、鋪上枯枝當屋頂。馬迪說，當時，他每天只能接濟這對祖孫一塊餅，自己一家五口吃剩下的四塊餅實在很勉強。

如今，馬迪一家住在窄小的洞穴中，地上除了鋪一張聯合國難民公署的塑膠布和幾個錫罐子，沒什麼家當。在塔里班政權垮台後的一年裡，原先外出避難的居民已紛紛回到故地。放眼望去，大佛旁密密麻麻的山洞都住滿難民，但莫哈德呢？我往一個個洞穴探去，有個婦人坐在地上剝豆莢，一位光腳的小孩正背著妹妹往洗衣場走去，一個年輕女子掩住自己的臉，用質疑的眼神張望你……但我找不到莫哈德。

第二天，我雇了個持槍小孩隨我走遍石窟群和兩大佛區，但仍找不到莫哈德。黃昏下山時，有輛小貨車經過，我向他們招手，他們讓我搭了便車，上車後，卻見一個女人不停的哭泣，這才發現，車裡有具草席捲裹的屍體。

這是運屍車。他們說，女人的丈夫被地雷炸死了。

我不禁別過頭去。

車子就快駛離巴米揚了，回首那片熟悉的風景，岩壁上絢爛的金光，已轉爲一抹斜陽淡紫，溶入西沉的霞色裡。路上，有位少年對我們喊Salaam，笑容稚氣且天眞，我向他揮手致意，他開心的點頭、也向我們招手，可是，那隻斷了臂膀的手揮舞得好費力，而另一隻手，仍握住一把巨型衝鋒槍，握得很吃力。

「儘管我們擁有悠久的歷史和文化，卻主宰不了自己的命運，我們一再被外族入侵、被換掉三次語言、三次宗教，仍脫不了苦難……」我想起馬迪的話。是的，一切就因爲他們住在軍略要地。巴米揚，古絲路上連接中亞、西亞和印度的樞紐，所有燦爛和繁華，只留在玄奘的記錄裡。如今，這片飽受兵燹的土地上，人們依舊流離，我看不見底下埋藏的千萬顆地雷，但我總會記得，站在佛頂俯瞰衆生的那種神聖感覺……

回到喀布爾，打算搭機返國，路上有個聲音叫住了我。「好心人，給一點吧，幫幫我們吧。」我低頭看，一位盲婦正抱著孩子坐在地上，她睜著空洞的盲眼，不確定我站在何處，一隻乾枯的手伸向半空，風燭般搖晃。我走到她面前，在她手心放了些錢，她感激的頻頻叩頭，我連忙扶住婦人，順便替她撿起剛滾落的銅板。盲婦仍是不住稱謝，我在她口袋裡又放了張鈔票，隨口問道：「你們住在哪兒？」她指

指巷角一堆破爛的大紙箱，我東張西望，不太肯定的問：「是紙箱嗎？」她點頭。「可是……要是破了？」我又打量那些箱子。她露出靦腆的笑：「有些住破了或者被雨淋壞了，就選其他好一點的換著住。」說著，懷裡的孩子動了動，她輕搖孩子，企圖再哄他入睡，小孩似乎睡不著，在她懷裡不安分的扭蹭。我彎下腰，看看這孩子，猶豫著該如何啓齒：「女人啊，如果我可以幫忙，把小孩交給可靠的收容機構，至少能給孩子遮寒避雨……」婦人搖頭，撫摸小孩的臉：「不，不能送人。我的孩子，我來為他遮風擋雨。」孩子終於掙脫母親懷抱，跑到一旁玩耍，盲婦留意著孩子的音聲方向，臉上一片祥和平靜。

很熟悉的情景，但我不忍凝視。還記得石窟群外，那位只剩半截腿的莫哈德父親，曾如何吃力的搬石鋪土，想在洞外造一塊遊戲場給孩子。他看來極疲累，卻神情愉悅的告訴你：即使在戰亂，孩子們仍要有自己的家。

是的，無論處境如何艱困，孩子們仍要有自己的家，仍要在家門前玩耍。

看這孩子玩得多麼專注快樂，就像那首熟悉的歌詞形容的一樣，我索性留下來，把〈喜鵲之歌〉教給孩子，然而，歌曲老唱不齊全——我們聽到類似的曲調從

瀛太 2009

附近傳來，是隔街的錄音帶店在放送歌曲，仔細聆聽，曲調竟和喜鵲之歌一模一樣……原來，是莫哈德把流行歌曲給改詞了。小孩顯然聽慣了這首情歌，老把我教的喜鵲之歌唱錯。見他唱得起勁，我沒再勉強他改詞。當他對著母親的方向大聲獻唱，他母親滿臉洋溢著幸福，那雙空洞的盲眼，熠熠生輝。

臨走，我抱住孩子，把帶來的那本畫滿佛像的手冊送給他。

但願眾神陪伴他，在自己的土地上平安成長。

從今以後，我將說服自己，去一個更艱難的地方、去一個神聖的地方還願。生活也許因此而沉重，但生命也會因此而變得有重量。無論是暑熱荒旱或烽火連天，總有個理由，教你持續下去——

莫哈德是否知道，我替他許了願，在巴米揚石窟，我放了一顆心願石，把寫了Salaam的指紋鈕釦，永遠嵌在石壁中。

巫女蘭

古龜茲國公主愛上一位平民，國王為了阻止二人相戀，下令青年上山鑿一千個佛洞。就在完成第九百九十九個洞窟時，青年力竭而死……

——克賽姆族人的傳說

半夜，我被肩膀上唱歌的蟋蟀驚醒。

瀘沽湖正是漲水的季節，湖水淹沒了湖邊的道路，漫進了我們住的木楞房。一陣溼氣伴隨輕輕的濤聲吹進木窗。蟋蟀停止了叫聲，細密又平和的波浪，在床側粼粼流動，水裡浮盪著殘花和碎草。我再度瞌上眼，看見那男人仍在黑暗中載浮載沉，他一手夾著一只充滿了氣的羊皮袋，用另一隻手奮力游動，到了岸邊，他扛起皮袋艱苦地往前行，然後將它放到一處平坦的岩石上，解開羊皮袋，像是放了氣，不久卻從裡面拖出個女人。他跪在女人身邊，像要喚醒她，女人沒有動靜，他不停地揉動她撫弄她，最後伏在她胸口啜泣，久久不起。

他埋了女人，往村上走。一路盡是泥石流和坍方。有時，他弄了根樹幹，搭在深溝上慢慢爬行通過；有時，他撿了許多石頭往稀泥裡堆高，小心踩過泥地。路徑沿著藍幽幽的湖畔迤邐而去，他走過時，湖上颳起一陣風，一隻攏著雙翅的天鵝正輕輕滑過水面。背著月光，我看不清他的模樣，但我知道，他會來找我。

早在我未成年的時候，舅舅就說我將來會有通靈本事。舅舅是本地達巴教的老巫師，也是唯一熟悉《碧帕卦松》古經書裡各種卦術的巫師。他曾住在黃栗木圍成的靈洞裡，他會治癩病、癰病、瘡病、還會治蠱病，但他的藥方不外是扭子七、草烏、獨腳蓮、貝母、狼毒、黃芩、銀珠、阿蘭蘭；他有個頭蓋骨，曾是遠地喇嘛寺的法器，但現在已變成門前餵鳥的破碗。舅舅預言我有巫術，就是用這塊難得起占的頭骨所卜，可也在那一次，頭蓋骨裂成兩半，再也無法用來占測。

舅舅不常爲人占卜，村民說他老了就測得不準了，不過有法事仍會找他做。水退之後，附近有個叫丹增的老趕馬人死了，丹增沒有家人，村裡請舅舅義務爲他做法事。丹增不是被淹死，而是醉死。不過舅舅卻堅稱，丹增是得罪了司掌山林河湖的「署」精靈，才被奪走性命。

法事由幾位達巴共同舉行。我站在遠處看他們進行「洗馬」（送亡魂）儀式。

他們各拿著一根鐵條蘸水，一面灑向一匹裝戴華麗的馬，一面灑向路上，吟唱沿途每一條河流、每座大山和路口的名字。

馬兒馱著死者的靈魂去了，留下的屍體被送往焚屍場燒了。靈魂還在前面拖拖蹭蹭的走，達巴們在背後一刻不停地齊聲念唱，送魂歌中，爲亡靈一一指出了回歸遠祖之路：

……過了喇竺窩，就到黃喇窩，再到黑水溝，翻過烏狗洞，歇歇腿腳後，還要往前走，再渡一百零一條河，再翻一百零一座山，見到司土阿拉佤，就是我們祖先的地方……

我看到灰濛濛的天幕下，一個個歷經千秋萬歲的靈魂在路上跋涉。遠方人群中，有父親的影子，以及我家族的影子。父親依然一身趕馬的裝束，趕著馬隊翻山越嶺……姥姥和她的姊妹仍穿著五彩鑲邊的紅絨夾褂、白褶圍裙，尾隨在家族的女祖輩後面行進……

……山頂有山洞，你不能去，那是熊住的；樹上有樹洞，也不要去，那是鷹住的。山下的木楞房才是我們祖先住的。你儘管往前走吧，千萬不要回頭，也不要回來探望故鄉的親人，不要捨不得家中的牛豬羊……

人群裡，只有丹增老人遠遠落後，他不斷回頭看他的木屋，害怕靈魂被帶到老遠的地方。

儀式結束了，骨灰被收到一個布袋裡，達巴拿到松樹下誦經祭奠後，就放到瀘沽湖裡慢慢搓慢慢搓，直到洗得一丁點不剩。骨灰洗得一點兒不剩，可是還有種聲音，像掉進湖裡的什麼。我回頭看，是丹增老人在唱歌——

瑪達咪，裝好了行囊備好了馬匹，趕馬的隊伍就要出發了，拱手再三，告別摩梭的家鄉……

歌聲在過往歲月和未來歲月裡永無止期的流蕩。我依稀見得，多年前，這個走過西藏、新疆、青海、寧夏的趕馬人，在黃昏時經常唱起這首長調，那旋律，往往惹得全村一片馬鳴狗哮。他唱得哭了又笑，倘若你願意坐下來聽，他便會告訴你趕馬的故事，山大王、羊馱隊、馬幫、犛牛幫、還有冬季過金沙江、夜宿奔子欄……當你聽得欲罷不能，老人家已醉酒睡著了，你只好替他關上木門，往自家裡走。一路上，薄霧中樹影模糊，四周一片靜寂，也許那沒說完的故事尾巴，就剩下一匹孤單的坐騎，行走於飄飄雪花中，天色暗了，不知何處能有碗熱酥油茶；身上更冷了，卻不知何處能砍點什麼……

那時，母親開了個家庭旅館，擺了十幾張床，供應旅客住宿和用餐。一到晚上，好奇的遊客便走進堂屋來，和我們圍著火塘，聽姥姥向孩子們講述種種天地洪荒、鬼神精靈的奧祕，觀察不言不語的達巴舅舅轉動佛珠。他們不住地發問，問題總是那些，而姥姥總是要耐心解釋。他們問：摩梭人為什麼沒有父親？姥姥說：我們摩梭人不是沒有父親，只是不作興結婚，子女都隨母親、姨母、姥姥們同住。他們問：為什麼不結婚？姥姥就說：結了婚煩惱就多，我們這種「走婚」才自由。當

Ying-tai 2009

他們問多了，姥姥便捏起一塊酥油，說道理就像這個，捏成什麼樣都可以。

遊客的道理有千百種，姥姥的道理總是一個樣：每天早晨梳洗後，燃起灶堂火，燒了香，就開始念她的瑪尼經。清清的柏香味在風中漫開，這氣味很好聞，可是抓不著，有遊客提議用塑料袋裝回去，可能袋子封得不嚴，半路洩了氣，隨手就丟了。村人見了便隨手撿來，剪剪接接，掛在樹上，倒像是一串串經幡。

舅舅後來修了一小幢木楞房，住遠了些。我時常學他盤著腿，搖著波浪鼓，邊念邊打出奇怪的手印。念累了，他就喝碗酒，拍腿唱歌。若嫌遊客煩人，他就到湖邊念經，坐在石頭壘起的洞裡，搖個破羊皮鼓。有時破鼓聲招來了幾頭豬，我認出是翁丁老人放養的，趁著幫他趕豬回沼澤地，一路就狠盯豬屁股，腦子裡想著把牠們製成美味的豬膘肉，還想看牠們交配，但豬從不在我跟前交配。

我喜歡看交配，看那些飛蟲禽鳥，在空中聚聚就散。

春日清晨，鳥兒在悅耳的鳴囀中相互追逐，迴旋直上；有時來回傳遞一根羽毛，有時則以很快的速度撲下，短暫相會後便在空中交尾。我曾仔細觀察兩隻盤旋於空中的蜻蜓，雄蟲將尾巴伸向雌蟲，雌蟲把雄蟲尾巴緊抓至頭、眼之間，然後往下推，用腿抱住，緊縮身體，雌蟲自身的尾巴竟也隨之捲曲起來……

那種捲曲，也常發生在我家木楞房裡。每當夜深人靜，匆匆趕來的摩梭男子登上「花樓」（家中成年女孩的住處）、敲上了暗號，姊姊們便打開自己的「花房」，然後急促的喘氣和嘆息聲總是隔著牆板傳來。那時，我已行過了穿裙禮，住進母親準備的花房，夜晚除了傾聽隔壁姊姊們房裡那種聲音，有時也和她們到壩子共浴、與男子歌舞；曾經有個叫獨支的男人喜歡上我，到家裡送我手鐲，可是我們沒有結成阿夏（情人）關係，那時母親給了他一個裝了木炭、雞毛、海椒的竹盒子，他知道被拒絕，就不再來了。不過我知道，還會有人找上門來，因為男人們都喜歡我。

過幾年，姥姥去世，我忽然得了一場大病。那場病，幾乎使我喪命，不但發著高燒，頭髮和皮膚也都起了變化。村裡傳言我得的是痲瘋病，都不准我出外接近群衆、也沒有人再找上門。但自從那場病後，我時常作著奇異的夢，夢見將來發生的事或各種鬼魂，而事情全都應驗了。不久村人又開始走進我家，找我占卜，也願意讓我參加活動。我終於明白，我的能力是來自母系遺傳，姥姥出身於降神世家，她死後把本事在夢中都傳授給了我。那年起，我沒有再上學，只留在家裡餵豬餵羊，背水打柴，閒時也隨姊姊去朝山，聽情人們唱歌。

我曾聽過一次最動人的歌聲，是雪松林裡一個男子吟詠出來的，語調如天神般迷人。那時他正在一圈圍觀的群眾中歌舞，他是我所見過最好看、也是最善於歌舞的男子，你見他旋轉的是單腳，卻飛出來朵朵雲霞，你見他揚起的是一支馬鞭，卻彷彿撒下了滿天星斗。衆人看得心痴神醉，彷彿被帶進一個光影繽紛、星月璀璨的仙境。

克賽姆，沒有人看見他如何在半夜裡划著羊皮袋登岸，但不出幾天，誰都知道他是來自大漠邊地的賣藝者、趕馬人，同時也是上好的銀匠。在我見到克賽姆之前，他走串賣藝的途中，已結交過七個漂亮的小舞孃。我夢過他所有的女伴，而最末的一位和他相伴最久，那個年約十八、九的姑娘，叫做格黑里雅。她體質最弱、舞姿也最輕盈，跳舞時，常穿著一件紫色毛馬甲、白色繡上金線銀線的長裙、腰間束著色彩豔麗的腰帶，裸露的粉臂上貼了一圈圈金箔，長長的髮辮綴滿了珠玉寶石……往後，即使克賽姆獨自跳舞時，也隱約保留了格黑里雅的位置。

我知道，他會來找我。

他擔心她的亡魂迷了途，要我來牽引。

那時我依約來到一個小水道邊，他乘了一艘獨木舟現身，要我上船，幾個轉彎之後，原先的道路以及背後的世界彷彿一概消失。他站在船頭，完全不動，獨木舟穿越溼答答滴水的蘆葦，有種沉沉的喘氣聲從水底深處傳來，像遠古巨蛇的呼息。

船渡到江下，來到他那天晚上登岸的淺灘，格黑里雅的屍骨已被潮水沖得不知去向，但那具薄弱的靈魂，微風般的附在我身上，就給帶上船了。

克賽姆扶我（她）躺在船上，我全身柔軟得像一根柳條，克賽姆一靠過來，格黑里雅的靈魂就從我身上掙脫，飄到半空中再緩緩的掉頭看我們。格黑里雅的靈魂太嫩了，我說：太強烈的情感會使她受不住。克賽姆哀傷地看我，說：我會溫柔待你，不會讓你受不住。他一手攬過我的腰，伸手撩撥湖水，輕輕擦洗（她）這久經掩埋的身子，他小心的碰觸你每一寸肌膚，眼裡的淚光隨著身體慢慢下沉，幾時，已融化得一絲不剩——只聽到一種聲音從湖面揚起，克賽姆潛到水底不住的起伏……

當他再度浮現水面，手裡正捧了一顆碩大珍珠獻上來。

我說：「你們兩人的靈魂不同，你是火一樣的熱，格黑里雅是玉一般的涼，你太強而她太弱，你總會灼傷她。」克賽姆說：「每個女人遇上我都是一樣，可是我也希望，有天能讓一個女人熱熱的灼傷，即使是殺了我，也願意。」他告訴我，他曾射殺一隻天鵝，當他背著獵物回去，另一隻天鵝也跟在後頭來到屋外，連續兩天，天鵝都繞著木屋飛來飛去，到了第三天他開門出去，發現天鵝已撞死在門前，血跡還留在門上……他總覺得，他當年射殺的該是一隻雌天鵝，因爲此後每個女搭檔都跟他不久，最久的一個也離開了他。

但克賽姆不離開格黑里雅，他一直持續著他倆原來的生活。他南下過大理，北上過西昌，尋訪過塔克拉瑪干、札達縣城西，以及一些我無法辨識的斷垣殘壁。

他時常隱身在黑黑的地底。問他都作了什麼？

他說作賊。

偷什麼？

他說偷墳墓。

克賽姆曾到內蒙古專門學習盜墓。而格黑里雅和他原是配合無間的一對盜墓賊。

我依稀記得他們那一次盜墓。那時我不知道自己是在夢裡，我遠遠尾隨他們，來到路邊一堆零亂的石柱旁，幾棵巨根盤錯的老樹擋住了去路，我穿越樹叢，上了一座土坡，一陣陰風掠過，教人心裡發寒。眼下有許多墳頭，都是新土壘成的，墳上還壓著假裝有人祭拜的石頭和冥紙，沒有人知道，這些新墳下藏著一座古墓。我看見，他們先鏟掉一些僞裝的新土，刨開一個墳頭，等上一會兒，放了些空氣，再摸黑爬下去。洞口有事先挖好的豎井，豎井邊上已經鑿了腳窩，他們摸黑踩著腳窩，進到深深的地底才點亮蠟燭，然後彎著腰，爬行在一條縱向的狹窄墓道裡。墓壁有前次燒過的蠟燭痕跡，地上還留有前次挖出的土；克賽姆拿出探針，在墓道的盡頭扎了一個探孔，從探孔測出的距離與墓頂已相差不到一米，這時，克賽姆似乎能確定墓室的方向了。但空氣太壞，他們退出洞穴，蓋上僞裝，打算下次來繼續挖掘。

然而也在下一次盜墓出洞時，附近埋伏了刑警。兩人逃得快，格黑里雅卻受了槍傷……

格黑里雅相信墓室裡躺著古傳說中的龜茲公主。克賽姆回憶說，格黑里雅當時還在棺板上撬走了一塊白玉，她懂得那塊玉的紋樣和意義。

格黑里雅死後，克賽姆又偷偷回去看了墓穴。那時候，文物局的考古隊已經探勘到了墓室，考古隊開棺後，發現棺內躺的是一具女性屍骨……但在克賽姆的記憶裡，他先前和格黑里雅在墓室挪動棺蓋時，雖因爲室內氣悶而退出墓穴，但臨走前那匆忙的一瞥，確確能肯定，從移開的棺縫看見裡面不只一具屍骨，他說，裡面有兩具屍骨，底下一具，上面還覆蓋了一具……

而兩具屍骨中間，竟然生出一朵蘭花。

那種花，他說，就像個仙女或妖靈，有色彩極絢麗的一身衣裙。究竟是生自死去的公主？還是生自公主和殉情者——那個鑿洞的青年？克賽姆這麼揣測那具屍骨，他記得上面那具屍骨有很粗的脛骨，該是個男人。而格黑里雅曾說過，公主是葬在青年所鑿的最後一個洞中。

是青年的幽魂不散嗎？死後也要陪伴公主？

克賽姆的說法令我一度懷疑自己的通靈透識能力。

我當時雖尾隨他們，目睹他們盜墓的過程，卻看不見克賽姆說的兩具屍骨，也沒看見屍骨中生出的蘭花，只見到格黑里雅濺在地上的血花。

那時格黑里雅腿上中了槍傷，克賽姆背著她逃到湖邊，讓她躺好，把她裙子撩得好高，然後匆匆採來幾樣草藥，用石頭搗爛了敷在傷口，再解下身上的腰帶，把淌血的地方牢牢綁住。格黑里雅靠在克賽姆懷中，微弱地喘著氣。克賽姆一面低頭端詳一面輕輕挪開懷中的格黑里雅，把她擺回地上，說要去找醫生。格黑里雅苦苦拉住他，說他不能一刻離開她。他說她傷得太重，必須趕緊求醫。她說她要時時刻刻看著他，她肯定治不好了，一旦他走開，只會使她死得更快。克賽姆保證不背棄她，但她說他向來容易變心。克賽姆只好一刻不離的留在她身邊。

一路上，她的傷勢果然不見惡化，可是也沒有好轉。在氣息轉弱的時候，她知道生命即將終結，她求他帶她渡江，到一個寧靜美麗的地方死去。那天，風大浪大，瀘沽湖正是漲水的季節，竹筏被水衝得好高，在竹筏翻覆前，克賽姆緊急用羊皮口袋裝了她，一路漂游上岸……

她嚥氣前，他答應，要給她盜一千個墓，給她籌足了公主一樣的殉葬物。

但他的心的確變得太快。我曾趁夜裡去到他的帳棚，見棚外拴著馬，棚裡睡著女人，女人每次都不同，每個都好看。

可是，也沒有看見他和女人睡過。

他說女人一睡著，他就走了。

問他都睡哪了？

他說睡「洞」房去了。

我確信如此，他的洞很隱祕，用巫術也瞧不見。

有天，他終於帶我走進他的洞房。

順著太陽升起的方向，我們穿過濃密的樹林，從山下走到山頂，再向一座山壁前進。巨大的岩塊鬆鬆散落在泥上，一些碎石倚著樹木給托住，而山壁被密密的荊棘圍著，克賽姆揮動長刀，開出了一條路，直通到一株高大的樹下。我們攀著樹身往上爬，不時得停下來披開藤蔓和枝條，這樹身纏生了一種淡色蘭花，覆在樹蔭裡像飛舞的仙女，我們爬到層層蘭花包裹的杈口，這時克賽姆忽然鑽進葉叢，出手拉我進去……

踩好。克賽姆一路提醒。樹幹通著山壁，我們正走進山壁，進到壁裡藏的洞穴。視線極微，我們呼出的氣息形成煙幕，攔阻了大半視線，只覺得山洞逐漸上升，地越來越溼，再往前去，狹窄的岩洞變成長長的隧道。一段段山壁從兩邊倒插下來，有些地方滴著水，幾隻蟲鑽出壁縫，伸出長長的觸鬚。再往前，洞穴已不能見光，突然一陣撲拍聲大響，我幾乎滑倒，克賽姆拉住我，同時摸了把石頭丟去，那東西便驚叫著走了。

沒事，是鳥，克賽姆伸手捻掉我胸前一片鳥毛，然後去找來草和鳥毛引火，用火鐮點著，把昏昏的黃光投在洞壁，繼續往前走。途中，我踩到一隻鳥屍，克賽姆停下來，撿塊石片把死鳥送到壁苔下。當他撥開壁苔，我看到上面一些模糊的痕跡，有的像文字，有的是鳥、魚、鹿、人物、弓箭。

這裡有人住過。克賽姆說，不過都死了，屍骨都化到泥裡了。

走到最深處，我們停下來了，那裡擺著一座巨大的棺槽，內棺、外槨都用石塊砌成，棺槨之間堆滿了金器、銀器、玉器、古銅鏡、珍珠、彩陶……克賽姆向我展示他的戰利品，不斷對我喚著格黑里雅，抱我躺進棺內。格黑里雅的靈魂忽然進到我身體裡，我在昏迷中睡著了，只感覺有一種力量伸進下體裡呼呼地燃燒，壁上畫的男、女、鳥、獸、蟲、魚全舞動起來，整夜我都夢見格黑里雅的靈魂粉蝶似地在驚嚇中四處飛散，而克賽姆像一團火焰撲來，一下就把格黑里雅點著，她在火焰中叫喊……我試圖把自己喚回，但覺得天神地靈都遠去，四體幾乎被肢解開來。

格黑里雅一碰就散，克賽姆想把她留住。我便在洞口撒上一道黑沙，告訴他，靈魂像一隻蜘蛛，而黑沙很滑，她爬不過去。格黑里雅確實沒爬出界線，可是她那身薄弱的藍色越變越淡，風一吹就糊了。我只好蹲在地上，畫了個缺口，放走附在身體裡的她，自己卻覺得一陣苦惱和暈眩……

他想拘禁她，而我只想拘禁他。

醒來時，我已不在洞裡，躺在山腳的一片石灘上，石下延伸了無數深淺不一的溝壑，克賽姆說這是衆鬼神的掌紋，他站在迷陣中伸手，問我要如何通過。我抬頭看，他已轉過身，兀自爬上遠處高坡，而底下那潭死水，正映住了藍天以及他碩大的陰部……山脈間一陣風吹過荒原，我盯著灘中一副狀如陽具的卵石，覺得有個女巫在瞬間得道了也走失了。

他給你一對銀蛇紮成的耳環，說是古墓裡撿到的活物。蛇身細如手指。克賽姆拔除了蛇牙，再用美麗的銀線紮成小圈，給你戴上。當小蛇昂首吐著舌信，克賽姆說，牠們是在爲你指路，回到牠們久睡的地方。而牠們久睡的地方，他正要起身去尋。

克賽姆越走越遠，盜得的墳墓有今有古，累積的殉葬物已可以塡滿整個窟。有時，他像是昏厥了或把自己給陪葬了，躺在棺槽一樣的地窪裡沉睡不醒。我找到他時，給了他長長的吻，掀起裙子，俯身進入地窪，接著，便有一股力量伸進你下體呼呼地燒——你明明看見他仍緊閉著眼，可臉上已起了紅暈，彷彿只是佯裝睡著，誘你來叫醒他。

他已不再召喚格黑里雅，好像夢醒之後，就沒記住這回事了。不過他還惦記著從前墓中那朵蘭花，他說他明明看見了，怎麼考古隊沒人提起。他像是履行什麼任務似的東奔西跑，大地和人群不斷消失，只他一人穿出地面，飄向黑暗。他的舊址我全嘗遍，他的新窟我正在探索，但克賽姆走得更遠了。

那天，他牽著一匹棗紅色伊犁馬，我們並排走在湖畔小路。薄雪和枯葉下的潛

Yingtai 2009

流打溼了兩人的靴子，只馬匹鑲銀的腳鐙還發出雪一般的閃亮。我在綴滿綠松石和紅珊瑚的馬鞍下，墊上了我給他織造的氆氌。我問他，此行想得到什麼寶物？

他斜瞄你一眼，說他向來見獵心喜、見異思遷，永遠不知道到手的算不算寶物。

問他還能偷到什麼時候？

他說他永遠要作賊，除非把他無用的翅膀折斷。「總有一天，我會敲破我的船殼沉下水底，不是厭世而死，而是因為底下有顆夜明珠……我不想偷得不帶風險、平淡無奇。」

他說要做就得做個好賊。

我說只要我作夢（通靈）時，我便會逮住你。

我把他推得好遠，然後站到山谷中呼喊兩個人的名字，聽我們的名字在迴響中相互追逐。

那一年，克賽姆走了，我生了尤扎茨爾，是舅舅給取的名字，意思為東方初升的太陽。

過兩年，我又生了松娜咪，而松娜咪的父親，是個漢人。那時瀘沽湖遊客多了，家裡開了一個經銷店由我負責，起先經營不好，幸虧有位麗江來的小學老師常來幫忙，我暗示他跟我「走婚」，但他是漢人，不願走婚。半年後他和我結婚，成了我丈夫。

他讀的書多，不但安排我進學校復學，還教我寫作，教我幫助他寫女兒國的故事、寫舅舅的《碧帕卦松》。可是故事還沒完成，丈夫卻放棄寫作了。他和一見鍾情的女人去上海經商，我則帶著松娜咪回家。

回到家，母親和姊姊依舊歡迎我，她們說尤紮茨爾是家裡的寶，而松娜咪更是家裡的根。我很快習慣了往年的勞動，有時在岸邊打撈水草給豬添飼料，有時划船到村莊，採買物品或載回一些柴火。

每天往往返返，山光水影之間，彷彿揉成一種神祕的東西，還招來一些什麼……我知道，我想著克賽姆，想著他各式的洞房，可是耳際的蛇環卻寂然不動，牠們沒有吐信，也沒有爲我帶路，只像一對雕工精細卻沒有靈力的銀耳環。

還記得分手那天，我站在遠遠的山坡，看克賽姆仍留連在湖邊的小路，唱了一整天：

濾沽湖的碧波裡有我的姑娘，她是我往日的歌聲與靈魂，
想借一雙蒼鷹的眼睛來眺望，我在湖畔來回地尋覓芳蹤。

星光下的濾沽湖，像一匹墨綠色錦緞。他慢慢走進一片琥珀色樹林，我看他正蹲在地上點燃篝火，但滿天的雪花霏霏，都落向地上這堆篝火。火熄了，克賽姆轉身朝我的方向望了望，就掉頭向前走。漸漸地，他消失在黑黑的樹林裡。

我不曾在夢裡逮住他，他走到我未識的路途去了。

有時，他行走於荒村野嶺、深山古壑；有時是蹲坐水邊，給螞蟻搭橋渡水；有時是酩酊大醉，還倒酒餵魚……他沒有了棗紅色的伊犁馬，也沒有了雪亮的鑲銀腳鐙，在載歌載舞的流浪途，他只牽著一匹瘦馬，馱著牛毛帳棚、鐵鍋和破碗；即使有了許多女人，他仍四處去吹開沒被吹開的花蕾。

而她們都沒成為克賽姆的搭檔。我看見克賽姆獨舞時，隱約還保留了一個位

置。那個位置，像是格黑里雅的，也像是預先就存放在那裡的……

有人說沿著金沙江往上，有一個叫蒙姑的地方，克賽姆住在那裡。我循著連天蔓草的荒灘，來到這個小村。但克賽姆早就不住在這兒。

我問克賽姆住哪兒？大家搖搖頭。問了一個月，終於有個木屋裡的女人肯出來爲我領路了。

來到江邊，那個領路的女人解開一艘獨木舟交給我，指著對岸的大山說：克賽姆大概就住在那兒。

女人看起來很年輕、脖頸很白，豐軟的耳垂像塊鮮嫩的奶酪，上面掛了一副蛇型耳環，木刻的，雕工漂亮。

我問她耳環是克賽姆給的嗎？

她說是，可也不值得什麼，村裡的女人幾乎人人都有一副這種耳環。

我問她，都是克賽姆給的？

她說當然是，他只會送這種耳環，從來沒有換什麼花樣。

一會兒她忽然出口叮囑你：別告訴克賽姆是我引你到這兒來的，村裡的女人都找不到他。她露出一種難以捉摸的笑，說完就走了。我看見她帶給他的硬窩窩兒、沙棗、花生、酒壺都棄置在岸上。

我朝著大山的方向划去，整條江上就我一個人，獨木舟在水上打轉，我始終停留在水中央，被一種莫名的感覺包圍著。克賽姆曾告訴那個領我來的女人，說山裡該有個古墓，他用了好幾年時間還是找不著。然而這女人還有另一種猜測，說克賽姆不露臉是爲了躲女人，那些蜂兒一樣追著香花跑的女人；還有，他在躲那一大堆木刻耳環。她說：他是一個很能討女人歡心的男人。

她們都愛他？我問道。

她們都恨他，我就恨他。女人抱怨道，說什麼只要他愛上的女人，耳環就會吐蛇信，木刻的耳環怎能誆人呢！

女人又說，有半年沒見著克賽姆了，不過給他送來的東西都有人拿走了。她說，以後還是會給他帶東西來，但只管丟在岸灘上，才不管讓誰取走了哩。

對岸的樹林裡響著咻咻的風哨聲，獨木舟繞著山行走……克賽姆說，要找個珍貴的古墓給女人當禮物，女人們都不信，可是我相信。

我一直在找他，從夏天找到了秋天。有一次夢見他沉溺於河中，一隻黃龜將他馱上沙洲；有一次看見河水全乾了，乾裂的河床上一隻天鵝在飛，飛到羽翼折了，跌進深山裡。但我在夢裡不曾逮住他，只能採集他走過的足跡，他的行跡很詭祕、步履很神奇，彷彿要給你什麼驚喜——

我溫習著他給舞伴預留的舞步，那姿態眞像個仙女或妖靈；我走進他布置的墓穴，那成堆的古物眞像給女巫修行的寶器。他的確是個好賊，他要用賊的方式把自己獻給你。

直到秋盡冬來，滿天紛紛揚揚的雪花熄滅了篝火，我終於走向這座森林深處，進到一片黑暗。那裡，有股似蘭似麝的香氣，還有一種非人非獸的乳汁汗味——撥開這朵蘭花根部，我看見底下包覆了一塊白骨……

＊

他在墳前用蘭花祭祀過路的神靈，這觸動了千里之外的我。

穿越蕪蔓的籬門，我來到一座墳，克賽姆在門外留下可供追索的印記，讓跋涉前來的我能夠找尋。我掀開棺蓋，給克賽姆長長的吻，他的面容逐漸現了紅暈。我卸掉長裙，俯身進入棺中，用體下的溫熱來回覆動著他。人們都說他死了，是的，他是在等死，等什麼法力來使他死而復甦——我們的體內正熱熱地燃燒，他的全身正散出乳汁汗味浸透的花草香，在我逐漸的暈眩中，他的下半身化成了莖葉，有纖細的紋理，有半透明的莖節。我不知道，他正從蘭變成人，或正從人變成蘭；而我的耳環還不斷吐著蛇信，彷彿催他快快開花露蕊……

他的陽根之骨現在在我手上，我只用這個占卜。

我從不用傳統的羊肩胛骨、火鐮、火食做道具，儘管人們說我怪異荒誕，不過遇上難解的疑問仍不免要找我。

我知道克賽姆尚未力竭而死，他該還有無數個穴。我南下過大理，北上過西昌，及更多他走過的斷垣殘壁。我相信我們已逃出所有掌紋，遠離諸方神鬼，那些隱祕的洞穴，我會一個個尋獲，一個個喚醒。

＊

母親離家十年了，我陸續夢見她在述說她的故事。當她喚著我：「松娜咪！」我渾然不覺那是在夢中。

我曾循著夢裡的線索外出查尋，找到幾個印象中的洞窟。其中一個，它的外牆開有小窗洞，從窗洞望去，石灘和荒谷連綿成一片巨大的掌丘紋理。還有一個，裡面堆積了厚厚的黃土，土中半埋著男人的頭蓋骨和坐骨，我將這個頭蓋骨帶回去，送給達巴舅公，但他已不再炙骨占卜了。村裡派給他一個工作，教他在文物館賣門票；而和他對坐的，是九十歲的翁丁老人，老人每天只負責張著皺皺的嘴皮，對人解說湖中女神的故事。故事向來是這樣的：格姆女神騎著一匹白馬踏雲而來，男神們雖然愛慕她的美麗，可是她只願意「走婚」；有一次天將亮時，一位男神捨不得走，他勒馬回顧，淚水落在地上成了瀘沽湖，他又揮了把眼淚灑到湖裡，淚珠就變成湖上小島……有時翁丁老人病了，賣門票的達巴舅公便要兼做這個解說工作。

有天我向達巴舅公問起了《碧帕卦松》（白蝙蝠取經記），他偷偷帶我到一塊亂石崗上，那裡有兩塊石碑，插在土裡，只露出一點點淡青的顏色。我們合力把石碑拔出來，只見碑面殘損不堪，舅公拉著衣襬擦掉碑上的泥土，其中一塊，隱約可辨識上面刻著馬、鹿和鷹，另一塊刻著一位持劍的達巴。老舅公指了指刻在達巴旁邊的一行文字念道：「真經行世傳法服衆」，又背出另一句「卦理問機妙指迷津」。說是道光年間，一位土司賜給咱們祖先的對聯，石碑在文革時期給紅衛兵掀壞了，就剩這兩塊被丟在地頭；舅公得意的說，他的藥方和占術絕對是盤祖薩美女神傳授下來的古法。

離開前，他撿了幾團黃泥，又把石碑塗髒，然後插回土坑裡。我問他，你真的是本地唯一熟悉《碧帕卦松》的達巴嗎？他說他老了，經文記不全了，「松娜咪，只有你母親最熟悉。」

遊客像候鳥一樣進來，許多影視、採訪和調查讓古物重新出土。他們要寫瀘沽湖以及《碧帕卦松》，他們要看朝拜女神的長號、戴雞冠帽的僧侶、穿百褶裙的女子，還要把占卜的碎骨和年老的土司夫人請出來，供在文物館的玻璃窗內，由著人展示。

而人們在講述我母親或其他流浪者故事時，總習慣這樣收場：一匹孤單的坐騎，天空飄飄的雪花，懷裡的木碗冷冰冰，不知何處能有熱茶，腰間的長刀很鋒利，不知何處能砍點什麼……或許，他們在母親的故事裡還會添上什麼符咒和屍骨。

幾個月前，尤紮茨爾參加的考古工作隊找到一個山壁裡的洞窟，裡面有許多岩畫和古物。考古學家對岩畫的顏料進行孢子粉分析，斷定爲距今二、三千年的作品。繪畫內容大多表現了先民的巫術祭祀、生產活動；但洞裡墓穴埋藏的古物卻非常複雜，來源不只一地。尤紮茨爾說，他們懷疑摩梭文化從前是否和西昌、大理、甚至回疆等地也有關聯？

日後，他還念念不忘那次考古時，在墓穴的一株蘭花根下採到的一塊白骨，那塊白骨曾被供在文物館裡，不久就不見了……而我總也記得，夢中湖邊小路那一幕：母親和克賽姆並肩穿過那片琥珀色樹林，投入林蔭深處，她回眸望我一眼，然後和克賽姆消失在黑暗中。這是母親最後一次現身在我夢裡說話——

他們說文物館那塊白骨不翼而飛了。

這與我有關嗎？

我只是出門去流浪。我要把它埋回那裡。我知道有個男人在一處等我——那朵蘭花，他說是被巫女下了咒才開的花，留在那兒，等著巫女去解咒。而我告訴克賽姆，他是我枝上最神奇的一朵，當生命停止，我們並非完全終止，必定有些歷久不衰的種子存活下來，他化身爲無盡的壇場，而我成爲他的沉睡之處。

生命僅是一場靈魂自死亡中甦醒的夢。

而我所到之處，將開出一朵巫女之蘭，我播的種。

遠在邊境

他撿起龜殼，往孔眼裡望去。

「有東西！」

他向我招手，我拖著疲憊的身子靠過去，他把龜殼像望遠鏡那樣使著，指著遠遠的海面，好像那眞的是望遠鏡一樣能令人看見遠處的奇蹟。

「是什麼？」不是幻想，我眞的看見了什麼。

我們拚命向大海奔去。

大浪呼呼地捲來，漂來一個破桶子。裡面什麼也沒有。

已經是第九天了，毫無希望。黃說以前來過這個島，記得島上有海龜產卵，他說海龜一下蛋就有幾百個，夠我們吃、夠我們撐到獲救。但至今找不到一個蛋。

起初，我們曾用衣服撈捕岩縫裡蝌蚪大小的魚，然後和著自己的尿液一同吞進肚裡。可是小魚塡不飽肚子，卻令人腹瀉到手軟腳軟。

每個晚上，我們拖著疲憊的步子巡遍沙灘，沒有別的，只發現一隻小海龜。這隻死海龜半埋在沙裡，除了曬乾的頭，就剩一塊薄薄的皮覆在龜殼邊緣。我們把皮剝下，珍惜地分食，卻怎麼也嚼不爛。「或許，龜殼可用來做點什麼」他這麼安慰我。是的，除了做望遠鏡，看看烈日下的大海，不知還能做什麼。

白天，他用龜殼眺望大海，夜晚，我們輪流守候，希望海上捎來一線生機。

某天夜裡，他低聲喚醒我，那眼睛透著異樣的光，像死了的鬼忽然活起來：

「別出聲，準備埋伏。」

果然！月光下的海面，隱約有幾隻海龜浮現了。

其中一隻海龜來到沙灘，拖著長長的足跡，似乎找不到合適的地方產卵，我們苦等多時，只能眼睜睜見牠折回大海。另外一隻，還在礁石邊緣一起一伏，始終爬不上斜坡，最後也返身游回海中。

而第三隻離我們最遠，牠仍在爬行，我們悄悄移到離牠更近的灌木叢。

海龜爬得極緩極緩，每隔幾分鐘，都要停下休息，每次休息，都許久許久。我的眼睛因極度不耐煩而熊熊燃燒，海龜和我們仍隔得遠遠，但我聽得見牠的喘氣聲，如同我那緊緊貼住的肚皮在深深地底冒出回音，而黃的肚子更不爭氣，居然空隆隆地大擂大響，幸虧被適時的海浪聲給淹沒。

海龜盡了很大的努力，終於抵達沙灘上的產卵線。我們躡手躡腳跟上去，月光下，除了海潮低徊，還有一種規律性的娑娑聲。黃按住我的肩膀：「在挖洞了，別急著探頭，等聲音停止。」

聲音一停，又過了好一陣子，黃朝我點個頭，我們快速尋去，終於見到那隻藏身岩礁後面的母龜。牠四肢跨在挖好的坑上，正在產卵。這次，我的確聽得很清楚了，一種重重的呻吟，極艱鉅的掙扎和嘆息，隨著一個個小小鴿子似的白蛋落到洞底，黏液從牠大而漆亮的眼睛流下，是淚，又像深河一樣無止盡。

生產完，牠伸出後足，輕輕推著沙，一鏟一鏟，一層層覆在蛋上，直到洞穴完全填平。接著，牠開始吃力的四處走動，胡亂的挖著坑，到處是粗粗淺淺的足跡和散坑，讓人似乎認不得哪個才是原來的坑，我耐心地記準了位置，不受任何誤導和干擾。

直到更遠處，仍有娑娑擦擦的聲音。「牠還在挖洞，我們等牠走了再動手。」黑暗中，我們聽到陣陣低沉的喘氣，就像生命將終結時使盡全力所呼出的深深氣息。

許久，沒聲音了。黃說：「海龜可能要入海了。」突然一陣異響，我們趕過去，發現母龜被幾塊嶙峋狹窄的礁岩給卡住了，傾斜的龜殼不斷在掙扎中撞擊石壁。我們找來樹枝用力支起母龜的後足，然而母龜無法翻動身體，牠似乎完全失去重心。我們合力抓住牠的後足，使盡力氣，終於讓牠回到平地。

海龜晃著笨重的身軀往潮水爬去了，可是卻時時停下，悠長低吟，氣若游絲的一聲接一聲，幾至氣絕——可悲的是，牠弄錯了方向，費好大的力氣，居然重新折返沙岸。我們試圖將牠推向海面，但牠幾乎動不了，低吟聲變得短促，晶黑的雙眸閃閃照著我和黃。我們忙著再推牠向前，直到兩人累倒在地，海龜仍回不了大海。

黃像是絕望了，那神情是沉船後從未有過的。他解下身上的護身符，給海龜戴上。那護身符，是黃出海前，他孩子送給他的。他說，戴在他身上或許沒用了。

海龜仍在原地有一下沒一下的掙扎。

黃無力的躺在沙灘，像與海龜一同等死。

忽然，一陣狂風，一個大浪適時將海龜帶入海中，海龜浮盪在水面。

可是海龜又轉身游回來了。這次絕不是因爲浪，爬到岸邊的牠彷彿迷失了方向，正朝著我們一步步前進，晶黑的雙眸幽幽照著黃和我。

一整天，海龜像是再也爬不動了似的趴在我們身旁，而我們正蹲在那個眞正的蛋坑旁，海龜眼睛黯黯的沒了光，仍淌著濃濁的淚。

「牠看到我們，知道我們在打那些蛋的主意。」黃若有所思的說。

太陽曬得牠眼淚更濁，然後蒸發了，乾得像層膜。

「活不了了。」我說。

看樣子，牠的確活不了了，牠沒力氣回到大海了。但牠也沒打算回到大海？而我們也是。再不吃，我們都活不了了。

沒再猶豫，我們殺了奄奄一息的海龜，飽餐好幾頓。

結結實實的肉，的確結結實實的讓人活了好久，加上幾場大雨儲存的雨水，我們終究活了下來。可是等待了許久，救援仍舊渺然無蹤。海龜肉一半被吃完了，另一半生蛆了，也節儉地慢慢吃完了，空空的海龜殼被刮得乾乾淨淨。我說：「我們還有一窩海龜蛋。」但是黃說什麼也不許我下手。

「這種關頭還動什麼慈悲。我們不能挨餓。」

黃的口氣緩和了：「如果當初只有海龜蛋，我們活不到今天。」

「可是如果再加上海龜蛋，我們能活到被救的那一天。」我並不感謝母海龜回來送死，不過起初吃牠的時候的確有些難受，只那麼一會兒，久了就忘了。

黃沒再堅持，他說：「好。一天吃一個。」

我說：「不乾脆，一天一個哪能飽。」

有幾天，我們像是嘔氣，都沒動到那窩蛋，靠著用母龜殼誘捕一些蝌蚪大的小魚，我們終究沒有死，也活得幾乎像是死了。

不能再餓下去了！

我們像是心照不宣，一同去翻開沙堆，才撥了幾下，卻發現小海龜已經開始破殼而出。

整窩海龜都孵化了，一出蛋殼就往海邊爬。

而海的那一邊，不知從哪裡飛來，越來越多的海鷗布滿天空，狂衝俯掃。小海龜越不過短短幾公尺的沙灘，很快被吃掉。

黃和我用力揮用力趕，但沒有嚇走海鷗，只招得滿耳滿眼更瘋狂的海鷗尖叫。

我們耗盡最後氣力，像祈求像無助地流淚，只是麻木地驅趕、拚命地向海鷗揮拳。

完全無效。

我們絕望的互望。一會兒黃忽然轉身跑開，抱來大大的龜殼，他和我一面用背部擋住海鷗一面加緊速度，一把一把抓起小海龜……

飢餓的海鷗啄著我們的手臂、肩膀，我們盡顧著將倖存的小海龜塞入牠們母親殼中。汗水、淚水、血水，黃喊著：「快！再快！」快得瘋了，我們拚命抓，拚命塞，把海鷗嘴裡扯下的半隻海龜也塞進殼裡，塞得滿滿，然後抬起龜殼，突破重重包圍，直奔大海。

水深及胸，滿載小海龜的龜殼慢慢進水下沉了。

波濤更加洶湧，一隻隻小海龜鑽出母親懷抱，擺動著稚弱的四肢，游入大海。

我眼前一黑，頓時失去知覺。

醒來時，黃正坐在身邊，用著他僅餘的力氣，撕碎身上衣服，一點一點的當「糧食」吃。他抱歉的看著極度虛弱的我，好像是遺憾沒有東西可以分你一口。

我說：「這下可好，真的沒得吃了。」

他低著頭苦笑：「其實，當初……」

我說：「算你欠我的。這次如果沒死，你得好好請我幾頓。」

那天，我陪他躺在沙灘，只說生死由命，就算多活幾天也未必獲救……望著滿天星光，我的心裡空空洞洞，又彷彿很踏實。我們有一搭沒一搭地聊著那些海龜蛋，該怎麼烹，蘸什麼料，配什麼酒，又是什麼絕佳的好滋味……

等你，在日落深處

望遠鏡裡，廣闊的溪床台地景象依舊，十幾年了，背後那片麻竹林中不時起落升降的白鷺鷥仍在東張西望著十幾年來的風景。

我把焦距調近，尋找那條寬敞的卵石流溪，景物也依舊，但說不上來到底有什麼不對勁，好像是溪流變瘦了？或者泥土變厚了？還是那棵老老的苦苓樹又更老更斜了？除了樹前多出一塊廣告板，總覺得那裡少點兒東西——一個也許不起眼但應是熟悉的標的。

附近的怪手車來回推來推去，幾隻白鷺竟也跟在車後頭，從新堆起的汙泥丘裡尋找吃食。

一個老農背著竹簍走過，稀奇地打量我一眼，我收起望遠鏡，假裝不是那麼少見多怪，好整以暇的伸了幾個懶腰。一隻白鷺正掠過怪手車頂，嘴裡啣了半截小魚，往樹上巢窠飛去。我不經意瞄牠一眼，那老農卻正中下懷似的笑起來：「白鳥仔而已嘛。」

的確，這種白鳥再尋常不過，恐怕只有外地人，才會專程背了相機、鏡筒，在這裡看東看西。見他笑得得意，我索性打消和這位老鄉搭訕的念頭，尿遁到廁所去。

臨時廁所設在工地旁，牆外的木板漆得五顏六彩，牆內的地板處處狼藉，幾個垃圾桶倒臥廁旁，桶裡的衛生紙像是歷經浩劫、被迤散了一地。出來的時候，我小心避開地上幾團紙，雙手在褲腰揩兩下，算是「洗」了手。

現在是午後四點，天頂還罩著太陽，雨滴卻大點大點落下來。我退到廁所牆邊，撐著傘，遙望遠處沙洲。離鄉十多年，感覺一切景物都變小了，也變得有點醜，然而不論如何，我仍希望把那個「少了」的東西回憶起來，畢竟鄉愁是不容缺角的。

溪床上到底有什麼呢？我始終想不起來。

有一點細微的聲響，若隱若現，夾雜在大雨中飄忽過來。起先並不引人注意，但那聲音越來越近，彷彿就在腳下。我不經意低頭，一隻小狗正在舔我鞋邊淺淺的水窪，嘴邊還黏著一片衛生紙渣。

牠渾身發抖，身上的細毛大部分被淋溼了，偶爾呻吟一聲，卻馬上噤口止住，只縮在我的傘下，戰戰兢兢，不時仰望這支雨傘主人的反應：發現我留意到牠，便機警的退出雨傘範圍，假裝去別處覓食；一旦我遠眺他方，牠又躲回傘下，繼續舔食這一丁點含沙帶泥的雨水。

我假裝沒看見，取出袋中的麵包，一點一點撕成碎片，故意丟到腳下，果然，小狗狼吞虎嚥舔得乾乾淨淨。我見牠意猶未盡，便到附近攤販處買點食物過來。不料才離開一會兒，小狗就不見了。

可是呻吟聲卻不遠。我循聲過去，在廁所牆角一個小畚箕後面找到這隻小白狗，另外在牠的腹部底下，竟還躲著一隻更瘦的狗，背上沾了兩道紅油漆，紅油漆褪色了、結塊了，縮在廁所鮮麗的牆沿，像一塊不起眼的疤。

小白狗似乎是以一種擁抱的方式爲牠瘦弱的同伴取暖，不斷地舔對方的背脊、自己也忍不住發抖。牠們就這麼抵在溼冷的牆邊，閉著眼睛。是不是想藉著酣夢，抵擋外來的風雨呢？不知道。

我喚不醒牠們，把食物湊到牠們鼻尖，小狗猶然未覺。我輕輕挪動畚箕，這才驚醒兩隻小狗。牠們連嚼都來不及嚼便把食物吞下肚，連地上的渣、渣上的沙、掉到垃圾桶後面的小小細丁都捨不得放過，擠得嘴臉都變了形，怕是一輩子再也吃不到。

我再度去向攤販報到，買了更多食物。回到牆邊，這次兩隻小狗竟然臉貼臉擁抱在一起，眼睛閉得更緊，身子貼在牆壁和畚箕間的空隙，發抖得更厲害。我依然移動畚箕，搖醒牠們。

餵完這一頓，雨勢卻愈大，我找來幾個空油漆桶圍住畚箕，爲牠們的牆角多一點屏蔽。看看這兩個小小的身軀，依偎得多緊！但即使死閉著眼，也抵不了凍、擋不住寒啊。我不知道是否該這樣走掉，就算牠們熬得過今天，明天仍得去廁所啃衛生紙吧？我斜撐著傘，蹲在油漆桶前，正想著該如何是好，先前的老農又經過了。他似乎看穿我的心思，有意無意地拋過來幾句：「無效啊，帶不回去啦，就算關起來還是會溜出來，牠們要等牠們老母啊。」

我喊住老農，客氣地請他說明，老農被敬了一根菸，呵呵呵地笑出一臉皺紋，他緩緩吸了兩口，換上一副比較端重的神情敘述。「少年仔，事情是這樣啦。」他遙指溪床上的苦苓樹說：

「以前那叢樹下有一間柴板仔厝，很小間，遠看像破柴堆。一個跛腳老芋仔住在裡面，靠什麼吃飯我不知道，可能是撿破爛還是賣汽水……很多年前，他撿回一隻狗，飼過兩頓之後，那隻狗就死心塌地跟著他了。出門的時候，常常都是那隻狗牽著老芋仔走，有時牠還會幫主人提東西哩。

可是去年底，柴厝仔起火（失火）了，聽那些去救火的

人講，他們在外面叫喊半天，才看見跛腳老芋仔從裡面爬出來，手裡還死死拖著一隻狗……後來老芋仔的腳更跛了。有時候看見他們出來，都是老人牽著那隻狗，一個是一顛一顛，一隻是亂走亂爬。可憐，那隻狗的眼睛看不見了……又過幾個月，牠生了一窩小狗，只有兩隻活下來——就是你剛才在廁所邊看到的那兩隻……

上個月颱風吹來，上游那些有開墾的地方淹了好多土石下來，柴厝仔全垮了。我每天經過那麼多次，都沒再看見老芋仔和母狗。可能是溪水漲的時候，被沖走了，還是去哪裡了？我也不知道。哎，現在就剩這兩隻狗仔，常常在苦苓樹下跑來跑去。有時候若是下雨或肚子餓了，才會跑開一下。平時牠們都守在樹下等。有人看牠們可憐，要帶回去養，但養不到兩天狗仔又跑回來樹下。你看這片溪仔埔地，已經要蓋成什麼遊樂場了，哎，到時候連樹仔都砍光光，這兩隻是要到叨位（何處）等牠老母啊！」

老農說完就走了。我站在原地反芻了半晌，這才想起來，那個「少了」的回憶不就是一間破柴厝嗎？

如今小屋的原址被豎立一塊廣告招牌，五顏六色，紅殷殷的漆著「桃源新樂園」

五個字，好個新樂園！我看不到他們規劃的遠景，眼前，只有那輛怪手車還在勤快的挖東挖西，還有兩隻白鷺鷥冒雨跟在後面撿爛泥裡的小蟲。

雨停了，夜幕也降下來。背後隱約起了點聲響，我回頭看，那兩隻小狗正試著推開桶子出來，我過去幫忙挪開畚箕和油漆桶，牠們便搖搖晃晃往斜坡跑去，較瘦的那隻半途滑了一跤，牠努力爬起來，終於跟上前面那隻。

地平線上，只剩兩個小黑點，以及一幅巨大的廣告招牌。

一隻遲歸的白鷺掠過天空。

守住一路月光

他獨坐溪邊，好幾個晚上了。

橋上偶爾有些行人通過，他們瞥見水畔那個黑影，沒有停下來多看一眼，也沒多少懷疑，他們早熟悉了那個位置，以及位置上慣常出現的人影。

月光下，溪水不斷鼓漲，汩汩的水聲掩不住底下暗潮洶湧。老渡口還留有幾段繩纜，那個影子枯守的竹筏早已停擺。

他仍然守著……人們稱他固執的慶仔，老顧著溪口，不知道守什麼？

我知道，父親是在等著，他等待星月一上來，溪底的月石能夠回應幾許光芒。月石，是父親為它們特取的名號。村民只管叫白石子。這幾年，連白石子也不常聽人說起了，也難得見到多少了。除了廟裡那塊香火供祀的「石頭公」，我不知道，溪床裡是不是還存有同樣的月石？若在早年，父親會說是星月太燦爛，奪走石子的光，如今他也不怎麼辯解了，就這麼默默守著。我想，他不是守，該是在召喚，或者冀望，一旦那些沉淪水底、久被塵鎖的聖潔石子又破浪而出，那盛況，該是如何霞光萬丈，山河萬朵……我知道，父親不語的背影，總在祈禱。但神鬼默然，從沒聽見他們應允他什麼。只幾隻誤入歧途的螢蟲流過水面，劃一尾青光，徒惹他半分驚喜。

白日，父親仍扛起扁擔，挑兩筐竹籮，吃力的運渡涉溪，一筐是甘藷、竹筍，一筐是我。在鎮前市場擺攤的小販中，只有我們來自水上，而他們全從安穩的橋上運送過來。

十幾年了，父親從不登上橋樑一步，仍堅持他臨水的擺渡，如同他對溪流及白石的盟諾，那麼神聖凜然，不可侵犯。

所以，人們稱他固執的慶仔，老顧著溪口，不知道變通。即使在我高燒不退，雙腿因小兒痲痺而扭曲的那一刻，父親也未動容。他說他對不起我，可是不能對不起祖先世代敬崇的月石，那是他們的守護神，也是上天賜予百姓的珍貴祝福，不能輕易出賣。他說他不能愧對老天，猶如不能愧對恩人；唯獨對自己孩子，他是虧欠了，他願意用一生來彌補，不求我原諒，只希望孩子切莫遷怒或怪罪，不是石頭的錯，而是人類貪婪。

那時，我不滿兩歲，父親除了耕田下種，趁著農閒，也做石工。他說雕石比耕田厚利，但祖本不能忘，祖田不可廢，只要還有一口氣在，就要耕作到底。或許對父親而言，耕作從不是爲了溫飽，耕作，是激發土地本能、生命的延續。雖然薄薄的祖田從沒有給過我們多餘的溫飽，父親仍然樂觀：不論收成多寡，只要有收穫，便會有滿足。

小村偏僻貧瘠，對外交通向來不便，隔著一道長長溪流，望不到鎮上繁華的市街，我們的日用及農產品，全倚賴人力扛運，渡溪買賣。溪水漲伏不定，洶湧湍急，只能尋找水流平緩的淺灘渡河。爲方便辨認方位，先祖選擇了月石放在渡口兩岸當標誌，每逢星月下照，月石便釋出白光，在黝暗的夜晚指引人們渡河的方向。那是種溫純的白、含蓄的光，父親說好像白衣觀音臨水牽引，他甚至不願點明，月石的光亮來自它飽含的石英成分，好像怕任何科學詮釋，會傷了他口中描述的神聖形象。

有時山洪暴發，渡口的石塊全沖刷不見，溪床底下總還有月石，取之不盡用之不竭。這是天賜，也是天助。父親常如此說。

「天賜的東西取用有度，但不能一次奪空。」父親幾次與村人論道爭理，但爭不過外地來的商人，他們說石頭沒用，留在水裡荒置可惜，不如趁著都市人喜歡，開採變賣，才是划算。誰都說石頭換錢是最划算的買賣，唯獨父親反對。廠商價款愈出愈高，最後說好造橋一座，回饋地方、便民涉溪，於是條件談成了，除了父親，誰都答應。雖然月石不屬於父親，但他說月石是大家的，也是祖先的。可是，沒有人聽他講理，他只是固執的慶仔。

固執的慶仔不賣石頭，也不刻石頭。儘管商人如何重金利誘，儘管那只是簡單的藝術加工，儘管孩子急病待醫，他都不肯答應：「月石始自咱村祖先，既已絕情出賣，怎忍再動刀切剖！」直到孩子病成殘廢，妻子離家出走，他仍不改堅持。

從我懂事開始，父親傍晚下田回來，便一臂把我抱起，穿過村民的嗤笑，走到山郊的土地廟，對著那顆僅存的月石傾訴。「『石頭公』聽見阿爸的話，也會疼惜你的痛。」一起先我聽了不懂，因爲不覺得自己痛，但我清楚記得，爸爸說這話時，臉上是痛的。

橋終於蓋好了，橋上人來人往，有人無事遛達，有人滿載貨品。只有爸爸，還挑著他的扁擔，運著他的農作物和孩子，一次一次渡河。直到溪水不再洶湧，竹筏也變得蒼老，他的眼神、他的汗水仍充滿堅毅。在湯湯的水流中，我們環顧天際，彷彿這漂游的竹筏不再擺盪，不再顛簸，在宇宙的堡壘中，它是一只舒適的搖籃，給我們溫馨和安慰。

我們家，坐落在溪床東邊的台地上，便於父親瞭望，也滿足父親守候。每逢夜晚，我倚在門口，看著父親獨坐橋下，看著橋上疏落的人群，也看著鄰家熾鬧的電視螢光幕；白日，我

倚在屋後，透過敞開的大窗，望見蔥綠的水田，父親戴笠彎腰的身影，以及沼澤邊的白鷺。父親在那頭除草，白鷺在這頭覓食，長長的嘴往水裡一點一啄，不知道牠津津咀嚼的會是草蝦、田螺，還是青蛙和細魚？當牠們吃飽，總還銜著一點東西，飛回密密的竹林，我常想裡面會有幾隻小鷺鷥，在那兒張開黃口等候美味？也常想父親下田回家，會帶來什麼點心或禮物？有時是一支麥芽糖，有時是一隻寄居蟹，有時什麼也沒有，卻是一個親切的擁抱。

農閒時候，我離開了窗口，由父親載著四處遨遊，有時到河堤放風箏，有時至水渠撈蛤蜊，入田摸泥鰍，或者來到田邊大溝，坐守溝前的小洞穴，父子倆輪流撿石子射螃蟹，敲昏一隻、敲昏兩隻，直到裝滿一水桶，帶回家炒蒜頭加醬油，這是我最味美的零食。

當春天來臨，我仍倚在窗口，一面欣賞父親的犁田撒種，一面紮著手中的稻草和竹竿。一旦播種完畢，田裡便要豎起這些滑稽的稻草人。我曾問父親，麻雀眞的怕這些嗎？父親趕緊伸出食指，囑我別聲張，要是講出來，麻雀聽見就不怕了。薰風吹動父親額際的短髮，也掀起一陣陣草浪。透過零星的稻草人、稀疏的黃花藤、一排排蕀竹林，我彷彿看見祖田上美麗的農作物、農作物外一列長綠的林原丘木，以及林木外可能還有的層層農作物。

春去秋來。即使農作物已開始收割，我仍習慣臨窗眺望，想像那片綠蔥蔥的稻田，或水嫩嫩的筍苗。屋外一棵高聳的木麻黃上，佇守著觀望的麻雀、猶豫的鷺鳥，牠們也許在奢候那些漏採的穗粒，或者遺憾日漸消失的避護所。

遠近一片濃密的林蔭，逐漸被天空削藍了，有的高舉空蕪的枝幹，有的早已側身倒下或被連根拔起，新建的社區和農戶一步步逼近過來。我環顧周遭，覺得自家這片祖田，好像屋外那棵木麻黃，也將成爲附近僅存的一點點綠意了。

父親仍不動容，照樣日出夜息，只在田埂再豎起一根竹竿，竿頭彎彎的，吊著一隻風乾的夜鷺。我想夜鷺不是故意，牠只是無處可棲，無食可覓，才會在這不該出現的時節鋌而走險吧。祖田是牠們最後的避難所嗎？我想不是，田隴的主人會把夜鷺掛上竹架，警告所有鳥雀勿來覬覦作物。也許牠們終將遠去，找一個可以暫居或久安的樂土；也許牠們仍會依戀此地，像父親執守祖田一樣，佇留在一棵孤孤的木麻黃上，憑弔故土。

當夜風襲來，我眺望父親獨坐溪畔的身影，總想起屋後祖田上的那隻夜鷺，在村民的眼中，父親是不是也是隻不被歡迎的夜鷺呢？當鷺鳥們都失去了棲所，我和父親是否也將失去這塊祖田？如果眞的失去了，我們能飛往何處呢？

建築商已經不怎麼來了，只幾位鄰人還過來勸講，說父親那塊低窪地種不出多少前途，不如跟他們一起賣了，蓋屋建樓，坐享其成。父親始終是反對的，而商人也不肯罷休，早在周邊購得的農地開始鏟整、塡土。田溝變狹窄了，渠水變汙濁了，蛤蜊和螃蟹也不見了。只父親的祖田照舊仰視青天，幾條細鰍在涸泥中勉力鑽動。

不久木麻黃終於被砍了，雀鳥也飛盡了。

我每日透過大窗，往習慣的方向看去，恍然若失。「別看了。」父親說：「樹被砍了，還接得回去嗎？」「爸爸，我們在自己的田裡，再種一棵好嗎？」父親沒有回答，只問道：「腳還痛嗎？」「好多了。」我說。「嗯」父親似乎寬了心，在屋裡踱幾回便踱到溪邊的老地方去，不再是獨坐，只是慢慢的踱。

後來，父親有好幾天沒去溪邊沉思了，只留在家中，不時爲我敷腿揉腳，「還痛嗎？」「好多了。」好像除了這兩句話，父子倆不知道還能談些什麼。

有一天，一位看來幾乎陌生的婦人來到我們的小屋。我知道她是母親，我在照片上看過她千萬遍了。她拿了一包東西給父親，父親接過手的同時，臉上彷彿掠過一絲愧色。

母親臨走前，過來撫摸我的臉，那手心溫柔得有些怯弱。我仰面望她，努力溫習並牢記母親的容顏。我不怪她棄我而去，她有權追求她的幸福，知道她現在有個美滿家庭，我是該高興的。母親眼神仍然歉疚，我告訴她：「別掛心，這裡有我來陪伴爸爸，您儘管去吧。」這話畢竟說得太勇敢了，我忍住淚水，給她一個臨別的微笑。

那一夜，我和父親同坐溪邊，自從我舊疾復發，父子倆已許久沒這麼暢談了。那天我們一直聊到天明，他始終沒提起，母親到底來做什麼，但我猜得出來，那個紙包裡裝的是錢，是他向母親借錢了。父親雖然故做輕鬆，我知道他仍然擔心，因爲我的病情始終沒起色。

日復一日，父親還是這麼問：「會痛嗎？」「好多了。」我努力笑著說。可是我明白，父親是不會相信的。

今晚，建築商和村長又來家裡勸講了。父親沒說答應，但也不像以往那樣斷然的拒絕。他們走後，父親在桌前待一會兒，便踱到溪畔去了。

這一夜，他枯坐得特別久。我知道明天就有人來看地了，他們會把青青的稻田變成灰灰的水泥牆。我好想告訴爸爸，別煩惱，我沒事的，無論如何，我們都不能放棄，明年春天，我還想看您播種，我們一同等那些白鷺，我們再來種一棵木麻黃，爸爸，我不痛，眞的，我不痛。

我還要陪您一起，等著那月石破出水面……總有一天會等到的，總有一天！

九歌文庫 1049

春光關不住

著　　者：張　瀛　太
繪　　者：張　瀛　太
發 行 人：蔡　文　甫
發 行 所：九歌出版社有限公司
臺北市八德路3段12巷57弄40號
電話／02-25776564・傳眞／02-25789205
郵政劃撥／0112295-1
九歌文學網：www.chiuko.com.tw
登 記 證：行政院新聞局局版臺業字第1738號
印 刷 所：崇寶彩藝印刷有限公司
法律顧問：龍躍天律師・蕭雄淋律師・董安丹律師
初　　版：2009（民國98）年12月10日

定　價：210元

ISBN：978-957-444-643-8　　Printed in Taiwan
書號：F1049

國家圖書館出版品預行編目資料

春光關不住 / 張瀛太著. -- 初版. -- 臺
北市：九歌, 民98.12
面； 公分. —（九歌文庫；1049）
ISBN 978-957-444-643-8（平裝）

857.63 98020486